LA VIE EN JEU

Baron EMPAIN

LA VIE EN JEU

JClattès

CHAPITRE PREMIER

Il devait être entre 20 h 30 et 21 heures quand on m'a fait sortir de la maison par un soupirail, menottes aux poignets et cagoule sur la tête, pour me coller à l'arrière d'une camionnette. Routine. Depuis soixante jours, je ne me suis jamais déplacé que dans des coffres de voiture, ficelé, encagoulé et, même, une fois, empaqueté dans une caisse en bois. Je suis un colis. On démarre. Au bruit du moteur je reconnais que nous sommes dans une 4 L. Mes ravisseurs, gros malins mais totalement perturbés par le mauvais tour que prennent les choses, nous font faire trois fois le tour du pâté de maisons, ruse dérisoire qui ne trompe personne, mais montre à quel point l'impeccable et terrible organisation militaire des débuts a viré à la débandade.

Le matin même de ce dimanche, lendemain du samedi de Pâques, à l'heure où l'on m'apportait mon café, j'avais, sous ma tente, entendu la voix de Bertoncini m'annoncer : « On va te libérer. » Sous ma tente : en effet, c'était la manière de ces gens-là pour l'hébergement de leur prisonnier. Dans mes différents lieux de détention, je logeais toujours sous une tente de camping, dressée dans une pièce, et d'où je n'avais le droit de sortir qu'avec ma cagoule. Bertoncini donc, m'avait raconté la discussion ayant abouti au vote qui devait décider de ma libération ou de ma mort. Devais-je le croire, quand je savais que certains étaient fermement partisans de m'abattre pour leur propre sécurité? Jamais, depuis le début de ma captivité, je n'avais eu aussi peur qu'au cours de ces deux derniers jours. Peur pour moi. Peur pour ma peau. Une peur primaire, évidente, irrésistible.

Par l'ouverture de la tente, une main avait lancé un survêtement vert et des chaussures de sport. « Habille-toi », m'avait dit la voix. M'habiller? Impossible de passer le survêtement par le haut avec les chaînes qui m'entravaient. J'étais donc resté en pyjama. A attendre. Vers 4 heures de l'après-midi, des bruits de pas, la tente qui s'entrouvre et la voix, de nouveau :

– Pourquoi t'es pas habillé?

– La chaîne...

– Cagoule!

Je passe la cagoule, on me retire mes chaînes, on me fait passer le survêtement. J'entends le cliquetis d'un pistolet-mitrailleur que l'on arme, et la voix :

– C'est pas le moment de t'enfuir.

On me remet la chaîne et j'attends encore, jusqu'à ce qu'on m'embarque pour de bon, un peu plus tard, dans la camionnette 4 L.

Nous roulons depuis près d'une demi-heure quand j'entends Guillon dire à son voisin : « Faudrait trouver un endroit tranquille. » Guillon, Bertoncini : bien sûr, je ne connaîtrai leurs noms que bien plus tard, lors de l'instruction du procès. Pour le moment, je comprends seulement qu'ils n'ont rien prévu pour me débarquer – ou m'éliminer? – et qu'ils cherchent un lieu désert. La voiture finit par s'arrêter. Où sommes-nous? On me fait sortir, on me retire les menottes, mais on me laisse la cagoule aveugle sur la tête. Guillon me saisit la main et y glisse un billet :

– Pour retirer la cagoule, tu comptes une minute après notre départ.

Je m'attends alors à entendre crépiter une rafale de mitraillette. Mais rien ne crépite. J'entends la 4 L démarrer et s'éloigner et j'attends. Un Parisien qui serait passé par là, en ce soir du dimanche 26 mars 1978, aurait pu voir l'étrange spectacle d'un individu seul, debout, immobile, avec une cagoule sur la tête. Mais quand je la retire – et pour toujours cette fois –, il n'y a personne : je me trouve dans une rue totalement déserte, très mal éclairée, silencieuse, et je perçois seulement un son à la fois nouveau et familier pour moi : le murmure d'une grande ville. Il fait nuit et de plus, comme je l'ai dit, il fait sombre. Peut-être aussi, ma vue a-t-elle faibli après soixante-trois jours de claustration. Je suis désemparé et ne sais trop que faire. Finalement, je me dirige vers un endroit qui semble mieux éclairé, à l'extrémité de la rue. Je m'y dirige comme je peux car je marche très mal, très lentement : tout tangue autour de moi, j'ai l'impression d'être en caoutchouc. Je dois avoir l'air d'un clochard ayant un coup dans l'aile car l'unique personne que je rencontre dans cette rue, change vite de trottoir en me voyant. Je parviens enfin à un boulevard inconnu. En fait, il s'agit du boulevard Masséna mais, ce soir-là, le monde où je remets les pieds est pour moi un monde inconnu. Là, miracle : comme une île pour un naufragé, j'aperçois à dix mètres une bouche de métro annonçant en lettres de lumière : Porte d'Ivry. J'y descends, toujours très lentement, j'ouvre ma main sur le billet de 10 F, roulé en boule, que m'a donné Guillon. J'achète un ticket de métro et je tente laborieusement de repérer mon chemin. Il n'y a pas grand monde et j'erre quelques minutes dans les couloirs à demi déserts. Parvenu à un quai, je monte dans la première rame qui passe et je m'assieds. Autour de moi, on me regarde bizarrement. Il est vrai qu'avec mon vieux survêtement vert, mes tennis aux pieds, mon teint blafard, ma barbe en buisson et mes cheveux longs, je dois avoir une drôle de gueule. En tout cas, une gueule qui n'est manifestement pas de nature à inspirer confiance. Je vois défiler des stations aux noms inconnus – même si j'ai pu les connaître « avant » – mais quand la rame arrive à Opéra, là, je connais : ces cinq lettres me disent quelque chose. Bien plus tard, le juge d'instruction me dira : « Mais vous habitiez avenue Foch; vous auriez pu changer avant plutôt que de descendre à Opéra. » Certes, certes, la question était aussi évidente que la réponse aurait dû l'être. Mais durant ce voyage sur la ligne 7 (Mairie d'Ivry-Porte de la Villette), je ne saurais dire encore aujourd'hui si le parcours des seize stations de Porte d'Ivry à Opéra a duré pour moi cinq minutes ou deux jours.

Je descends donc à Opéra. Sur le quai, dans les couloirs, il y a beaucoup de monde. Ce n'est plus le métro irréel et désert qui m'a conduit depuis la station Porte d'Ivry. Des sons, des bruits que je n'avais plus l'habitude d'entendre m'envahissent brusquement, avec chaleur. Le bruit des pas, les talons résonnant sur le sol, les voix, les rires, tout cela, qui nous semble si naturel et évident au point que l'on n'y prend plus garde, je le goûte comme une chose extraordinaire. Perdu dans cette foule nombreuse, je suis libéré, pour la première fois depuis soixante-trois jours, de cette araignée dont les pattes n'ont cessé de m'étreindre le ventre. Libéré, et libre : c'est à la station Opéra que ma captivité a vraiment pris fin. Ou du moins le croyais-je. Je reprenais pied dans le monde des hommes, mes semblables. Et me voilà grimpant les escaliers menant à la place de l'Opéra. En ce dimanche soir de Pâques, il y a du monde, des couples qui vont dîner au restaurant, des groupes d'enfants qui s'interpellent. Je me dirige droit vers le *Drugstore*, et là, vers une cabine téléphonique. Dans la main, le ticket de métro et la monnaie qui me reste. Que fait le prisonnier qui rentre de captivité? Il appelle chez lui. Je compose le numéro de mon appartement, avenue Foch : encore un geste banal et quotidien qui me paraît extraordinaire. A l'autre bout de la ligne, on décroche immédiatement, avant même la fin de la sonnerie. Mais ce n'est pas la voix de ma femme qui me répond. C'est une voix d'homme que je ne connais pas. Étonné, je demande :

– Je voudrais parler à Sylvanna, s'il vous plaît.

– De la part de qui?

– De la part de son mari.

– ...

Au bout du fil, un silence manifestement interloqué.

– Oui, j'ai bien dit : son mari.

– Excusez-moi, je suis de la police. Ne quittez pas, ne quittez surtout pas.

Quelques secondes plus tard, j'entends enfin ma femme :

– Où es-tu?

– Place de l'Opéra. Peux-tu venir me chercher sur le terre-plein? Je suis en survêtement vert, tennis blancs, avec une barbe de deux mois.

Sur le terre-plein de l'Opéra, il s'écoulera moins de cinq minutes avant que je ne voie clignoter à ma hauteur le girophare d'une voiture dont la portière arrière s'ouvre devant moi. Je monte – pas dans le coffre cette fois – mais derrière Sylvanna, assise à côté du conducteur. Je constate bientôt que le policier au volant ne prend pas la direction de l'avenue Foch :

– Où va-t-on?

– Quai des Orfèvres?

– Pas question. Je veux aller chez moi.

– Écoutez, j'ai prévenu mes confrères qui vous attendent.

Je fais un scandale en hurlant que si l'on ne me raccompagne pas chez moi on n'obtiendra rien de moi. Le policier s'incline et nous reprenons la direction de l'avenue Foch.

Alors, à l'arrière de cette voiture de police, je craque, je m'écroule, je pleure. J'ai quarante et un ans, une femme, trois enfants et mon nom est Édouard-Jean Empain, baron Empain, industriel et homme d'affaires. Mais mon état civil, pour le moment, n'est plus qu'un titre de fait divers : « L'affaire Empain. »

CHAPITRE II

Durant des mois, cette affaire a été l'affaire de tous. L'affaire de la police, l'affaire de la justice, l'affaire de la presse, l'affaire du grand public, l'affaire du groupe Empain-Schneider mais, paradoxalement, pas exactement l'affaire d'Édouard-Jean Empain. Il n'y a là aucune critique de ma part : la police, la presse et la justice ont fait leur travail. Simplement, à mon tour de faire le mien. Celui de dire ce qu'il y avait derrière la caméra. A mon tour de parler. A mon tour d'apporter mon témoignage au grand public, auquel on a dit tout – et le reste – de mon existence, mais qui ne sait rien de ma vie. Puisque ma vie a été fouillée sans ménagement (c'était inévitable) et mise sens dessus dessous, autant dire ma version des faits d'une histoire qui a commencé bien avant le jour de ma naissance et qui se poursuit au moment où j'écris ces lignes.

Pourquoi avoir attendu si longtemps, me dira-t-on? Sept longues années nous séparent en effet du jour où je suis devenu un matériel de fait divers. Je répondrai que j'ai l'habitude de faire les choses quand je le peux. Quand je sens et sais que je le peux. Il y a sept ans, je n'aurais pu parler, pour des raisons qu'on imagine, que de mon rapt. Or, il s'agit pour moi de parler de tout ce qu'il y a autour, avant et après mon rapt : ma vie.

Mon rapt est un carrefour essentiel de ma vie. Mais il n'est essentiel que parce qu'il m'a conduit à réfléchir sur mon destin, à tenter de comprendre et de décrire cette chose si malcommode à saisir, qu'on appelle un destin. Pour cela, il me fallait le temps. Le temps de penser, d'aller et venir dans les dates et les lieux de mon passé, de suivre mes propres pistes, de me dédoubler en somme dans cette enquête sur moi-même, l'esprit pacifié, une fois les passions éteintes, les cicatrices devenues traces. Le temps de faire, aussi : quand on a tant parlé de moi, on m'a décrit sous toutes sortes d'aspects que je me permettrai de commenter le moment venu, mais jamais comme homme de lettres. A chacun son métier, en effet : je ne suis pas un écrivain professionnel. J'ai donc pris le temps d'écrire ce livre, à ma mesure et à mon heure.

Avant de commencer à écrire, la plus élémentaire des politesses, envers mon lecteur ou ma lectrice, est de faire les présentations. Or, dans le souci de bien les faire, je ne sais trop par quel bout m'y prendre : ma vie est certes un tout, soit un assemblage, un entrelacs de multiples événements qui, d'emblée, grossissent démesurément la rubrique des signes particuliers sur mon état civil. Pour démêler arbitrairement cet écheveau, je dirai qu'Édouard-Jean Empain égale ma famille plus moi, plus mon métier. J'avouerai donc d'où je viens, qui je suis, ce que j'ai fait. C'est ce chemin-là que je me propose de suivre sur la carte des présentations.

D'où je viens? D'une dynastie de grands industriels belges. A la fin du siècle dernier, un M. Empain, instituteur, est établi dans la région de la province du

Hainaut. Il a trois filles et deux fils : François et Édouard. Tout est parti de cet Édouard-là, qui deviendra l'ami du roi des Belges, et sera fait général-major puis baron. Pourtant, le fondateur de notre dynastie n'a jamais porté les armes ni accompli son service militaire. Géologue de formation, il a commencé à travailler dans les mines de charbon. La légende veut qu'il ait bâti son empire à partir de la possession d'une modeste mine. Débuts modestes, allure modeste aussi : mon ancêtre mesurait moins de un mètre soixante. Mais personnalité hors du commun. Ce n'est qu'à l'âge de soixante ans qu'il se mariera. Il n'avait « pas trouvé le temps de le faire avant ». De ce mariage naîtront deux fils : Jean et Louis. Jean sera mon père.

Mais revenons à mon grand-père. On sait que le Congo belge n'était pas, à l'origine, une colonie de « type classique », mais un domaine privé du roi des Belges. C'est sur ce domaine qu'Édouard Empain put donner à grande échelle la mesure de son talent. « Sur ce domaine » est une façon de parler, car c'est de son bureau de Bruxelles essentiellement que mon aïeul a édifié, étendu et dirigé son vaste empire. De Bruxelles, donc, qu'il a « fait » le chemin de fer du Zaïre, les tramways de Tachkent, le zoo de Budapest. En Égypte, où il avait acquis des milliers d'hectares de sable, il a fait construire une voie ferrée joignant le centre du Caire à son immense territoire privé. Bien entendu, il n'avait pas acheté les terrains au hasard mais à une trentaine de kilomètres du Caire. Obsédé des transports en commun, il avait, dans un premier temps, fait construire une voie ferrée entre les portes du Caire et le centre de son désert. Mais il fallait remplir ce train de voyageurs. C'est pourquoi, sur ce désert, il créa une zone résidentielle, un golf, un champ de courses, un hôtel Palace... Il donna enfin une part de son terrain à l'État pour qu'il y construise un aéroport. Tout cet ensemble allait s'appeler Héliopolis, une ville aujourd'hui peuplée de 300 000 habitants. Mais ce n'est pas seulement en de lointaines contrées que cet homme établit les marques de sa puissance et de sa réussite : tramways de Lille, tramways de Valencienne, métro de Paris... En 1946, les Empain étaient actionnaires prépondérants du métro de Paris. Édouard Empain aimait à prendre des risques : croyant à un projet, il s'y livrait à fond. Le fer de lance de cette réussite était la certitude qu'il avait de l'opportunité de développer et de généraliser les transports en commun dans le plein âge de la seconde révolution industrielle. Son génie propre et l'amitié du Roi ont fait le reste. Le souverain belge ne pouvait, en effet, ignorer l'activité envahissante de cet homme dont l'idée fixe était de joindre un point à un autre partout où la nécessité s'en faisait ressentir, c'est-à-dire partout où les hommes travaillaient et produisaient. Quand la guerre de 1914 éclate, Albert Ier, le Roi Combattant, pense très vite à celui qui sait si bien organiser. Il le commissionne général pour l'approvisionnement de l'armée belge en guerre. Avec le grade de général. Puis, mission accomplie, avec le titre de baron.

Inutile de dire que, dans ma famille, ce personnage, que je n'ai pas connu, était un mythe gigantesque, monumental, plus propice à la description de tableaux ou de scènes grandioses – si petite que fût sa taille humaine – qu'à la relation de souvenirs familiers. Statufié, le grand-père Édouard l'était aux yeux du petit garçon que j'étais, ne serait-ce que pour être inhumé dans la crypte du mausolée familial, bâti selon ses directives sur les rives du Nil, à Héliopolis, pour y recueillir le dernier sommeil des membres de cette dynastie privée, née de sa volonté et à laquelle j'appartenais moi-même pour le meilleur et pour le pire. Reposant non loin des anciens rois d'Égypte, bâtisseurs de temples et de pyramides, dormait pour toujours cet étrange voisin venu du nord, qui avait troqué la pierre pour le fer et l'acier des traceurs de routes nouvelles. Traceur de routes et... créateur de meubles. Dans son testament, en effet, le général-baron avait réservé un important chapitre à la préservation de ce qu'il considérait comme l'œuvre de sa vie : son mobilier. Après avoir acquis une entreprise de meubles, il avait imaginé et dessiné une ligne de style pour bureaux, tables, chaises, canapés, fauteuils, etc. Sa maison de famille de Bouffémont, sa maison de Bruxelles, le château de son frère, outre les nombreux bustes et portraits du fondateur, sont truffés de ces meubles témoignant de l'étrange passion du général. Il était convaincu d'avoir du génie en la matière et de passer à la postérité pour cette partie de son œuvre sur terre, demeurée jusqu'à ce jour ignorée du grand public. Pour tout dire, le génie de ces « créations » ne saute pas aux yeux : toutes les images de mon enfance sont encore imprégnées de ce style pesant, chargé, mélange de rococo et de Louis XIV, passablement vilain.

Est-ce mû par une même ferveur créatrice que, pris d'un démon pharaonique, il avait, après avoir édifié Héliopolis, choisi d'y faire construire cette imposante basilique appelée à devenir le tombeau de famille? Je ne sais. Mais, bizarrement ou pas, j'y crois plus qu'à ses meubles. Près d'un demi-siècle après sa mort, sous le règne d'Anouar el Sadate, je suis allé m'y recueillir. A l'avènement de Nasser, mon cousin issu de germain, Édouard Empain, dont j'aurai l'occasion de reparler, s'était empressé de faire don de la basilique au Vatican, ce qui constitue une protection très sûre en terre d'Islam. Ce jour-là, devant les cénotaphes de mon père et de mon grand-père, j'étais venu m'incliner. Car Jean, mon père, avait également exprimé sa volonté d'être inhumé à Héliopolis, vœu que j'ai moi-même couché sur mon testament. A trente kilomètres du Caire, dans cette crypte où l'on descend un escalier après avoir fait glisser la dalle qui le recouvre, j'étais seul dans une grande salle carrée avec la mémoire de ces deux inconnus dont je ne sais pas grand-chose, sinon qu'ils furent des personnages sortant de l'ordinaire de leur rang et que je suis de leur sang. L'Égypte est donc très importante dans l'élaboration du mythe fondateur de la famille. Elle veille dans une mémoire qui est indirectement la mienne. Mon père avait deux passeports : l'un belge et l'autre égyptien. Ses yachts se sont tous appelés *Héliopolis*.

Jean, mon père, est mort à quarante-deux ans, quand j'en avais neuf. J'en sais à peine plus sur lui que sur le général, ces deux morts qui m'ont légué leurs prénoms et nom pour former le mien : Édouard-Jean. Le baron Empain, Johny pour ses amis, restera pour moi une sorte d'inconnu très proche, un acteur de ma vie dont la présence est nimbée d'un mélange de mystère et de mélancolie. Il est mort en 1946 d'un cancer de la gorge. On me parlait beaucoup plus de mon grand-père que de lui. « On », c'est-à-dire ma mère, les proches et les amis qui ne l'évoquèrent jamais qu'avec réserve et pudeur.

Pour tenter de savoir qui a été mon père, il a fallu que j'aille moi-même à la pêche aux renseignements : l'information ne venait pas toute seule, en effet, comme si, me semble-t-il, encore aujourd'hui, ce père disparu était quelqu'un dont il valait mieux que je ne m'inspire pas. Était-ce vraiment une raison pour en faire quelqu'un que je ne pouvais même pas aimer, faute de le connaître? Cet excès de cachotteries sur mon père a eu pour premier résultat que je lui suis devenu et resté fidèle, quelle qu'ait été sa vie.

Une vie de grand seigneur européen avant la guerre. Circulant dans toute l'Europe en train spécial ou abordant aux ports avec son yacht, c'était un jouisseur, un joueur, aimant les femmes. D'un premier mariage avec une demoiselle de la Rochette, il avait eu deux filles, Janine et Huguette, mes demi-sœurs. Il s'était ensuite remarié avec une jeune et belle Américaine, Miss Rozell Rowland, ma mère. A l'époque, m'a-t-on dit, il vivait, entouré d'une petite cour de quelques dizaines de personnes profitant allègrement de ses largesses, et voyageait beaucoup, à travers l'Europe centrale et l'Afrique, où l'appelaient tant ses affaires que ses plaisirs. Dans ces temps, c'est-à-dire aux alentours de 1937, année de ma naissance, Vienne, Budapest, Bucarest et Prague, étaient des villes très animées où l'on se rendait aussi facilement qu'à Rome, Londres ou Madrid aujourd'hui. Jean Empain était sans cesse en déplacements. Il parlait d'ailleurs sept langues dont l'arabe, l'anglais, le hongrois et le swahili du Zaïre.

C'est d'ailleurs au cours de l'un de ces voyages où ma mère l'accompagnait toujours que je suis né le 7 octobre 1937, à Budapest. Oui, à Budapest, où l'on me donna mes deux prénoms en hongrois : Ede-Janos. Pourquoi à Budapest et non pas à Bouffémont, propriété de la famille? Je me suis moi-même posé la question. Et je l'ai posée. Je n'ai jamais obtenu de réponse véritable. « Tu sais, me disait ma mère, on voyageait beaucoup, tu aurais pu aussi bien naître ailleurs. » Pourtant, quarante-huit ans plus tard, j'ai toujours un doute sur les raisons de ma venue au monde à Budapest. Ce doute m'a conduit à formuler l'hypothèse que ma mère n'aurait épousé mon père qu'après ma naissance, ce qui, à l'époque et dans leur monde, n'était pas à crier sur les toits. Ils ont dû se connaître au début de l'année 1936. Mon père était-il déjà divorcé à ce moment-là? Peut-être, tout simplement, n'avaient-ils pas encore de domicile officiel. Peut-être...

Ces questions que je me pose sont pourtant révélatrices, me semble-t-il, d'une espèce de secret gardé, volontairement ou non, parce qu'il y a des choses qu'on ne dit pas à un enfant et qui deviennent impossibles à révéler quand on a trop longtemps attendu. Ce réflexe de secret, je le sens présent dans tout ce qui tourne autour de mon père, de son vivant et après sa mort. Ainsi ne m'a-t-on jamais raconté ce que nous avons fait après Budapest, quel fut le périple de notre famille. Pour mon propre compte, j'ai commencé à exister à cinq ans. Avant, je ne sais pas ce que j'ai fait. J'ai bien en mémoire des photos de moi en Angleterre, en Égypte, sur le yacht de mon père, dans le Midi, mais mes vrais premiers souvenirs personnels remontent à Bouffémont, en 1941-1942. Là où s'écoulera mon enfance, paisible, heureuse et assez solitaire. Les souvenirs les plus personnels que j'ai de mon père se situant en 1945. On m'apprit que mon père, lui-même gravement malade à Madrid, souhaitait voir son fils. Je fis le voyage en compagnie de l'un de ses collaborateurs, M. Renson. J'avais huit ans. Au cours de mon séjour je ressentis une douleur à la hanche et des difficultés à marcher. Je n'avais pas vu mon père depuis dix-huit mois. Il était très faible, amaigri. Il me parlait avec beaucoup de chaleur et de tendresse, de père à fils, mais nous n'étions jamais seuls. A cause de mon mal, on me fit rentrer à Paris, où j'occupai un appartement de la rue Renoir, prêté par M. de la Rochette, le frère de la première femme de mon père qui lui manifesta une remarquable fidélité en un temps où ce dernier était au ban de la société et condamné injustement pour fait de collaboration. Je passai là six mois dans le plâtre. J'appris que Jean Empain avait pu être rapatrié à Paris. Il habitait boulevard Suchet, pas sous le même toit que moi. Ma mère allait d'une adresse à l'autre, du fils malade au père mourant. Un jour, il vint me voir rue Raynouard, malgré son état. Là encore, je me souviens de paroles très affectueuses, d'un ton de grande tendresse, de propos d'un père à son fils. Je n'imaginais pas qu'il puisse mourir, pourtant nous ne devions jamais nous revoir. Autour de moi, on s'inquiétait de mon cas. Après le déplâtrage de ma hanche, le corps médical avait diagnostiqué une décalcification. Je ne pouvais plus marcher, la famille pensait que c'était définitif et l'on m'en avait averti. Définitive fut la nouvelle de la mort de mon père, qui me parvint un jour de janvier 1946, à Bouffémont, où j'étais en convalescence et où, contrairement aux prévisions, je me remettais à marcher. Comme séquelle, j'ai gardé une jambe moins longue de cinq centimètres et une démarche chaloupée qui ne m'a jamais empêché de pratiquer toutes sortes de sports. A cette occasion encore, le mystère fut de la partie. Je ne fus pas admis à assister aux obsèques. Je sus par la suite qu'après avoir été inhumé provisoirement à Bouffémont, mon père avait été transféré, selon son désir, dans la crypte d'Héliopolis. Pour moi, cette mort n'existait pas : mon père avait simplement disparu.

Dans le cadre de la pêche aux informations, entreprise au fil des ans sur celui qui m'avait donné le jour, je n'appris pas que des choses faciles à admettre. Brillant, intelligent et capable, Jean Empain était resté, la guerre venue, partagé entre sa haine du communisme et de l'hitlérisme. En fait, comme beaucoup à l'époque, il était pétainiste. Ses usines françaises ont normalement fonctionné durant l'Occupation. Je n'ai jamais rien su de précis sur son attitude durant ces années, sinon à propos de repas qu'il aurait eus chez *Maxim's* ou ailleurs en compagnie de généraux allemands. Quoi qu'il en soit, il fut proscrit sous le gouvernement de De Gaulle en 1944 et dut se réfugier en Espagne. Beaucoup plus tard, face à de Gaulle et à des ministres gaullistes, j'éprouvais la sensation curieuse d'être le fils de cet homme qu'ils avaient condamné. On ne m'en avait, bien sûr, jamais spontanément parlé, mais je voulais savoir, tout en craignant ce que pouvait cacher le silence qui entourait la personne de mon père. C'était une démarche « inconfortable » car j'étais censé l'avoir connu : j'avais neuf ans à sa mort et j'avais vécu à peine cinq ans avec lui. J'éprouvais une sorte de malaise à aller demander à quelqu'un en dehors du cercle familial : « Qui était mon père? » D'autant que je redoutais d'en apprendre quelque chose de déplaisant ou de décevant et qui ternirait cette image d'un père que désire avoir un enfant d'une dizaine d'années. Une image parfaite et inaltérable que je m'étais, pour le préserver – et me préserver, forgée de lui, et que venaient écorner peu à peu des murmures divers. Situation insoluble, que je réglai une fois pour toutes en décidant que mon père est tel que je me dis qu'il est. Et que toute personne qui prétendrait le contraire aurait directement affaire à moi.

Il était donc admis que mon enfance et mon adolescence se dérouleraient dans ce lieu protégé de Bouffémont. A neuf ans, je me trouvais sans le savoir dans la position de l'héritier d'une dynastie, c'est-à-dire une puissance financière et industrielle considérable et n'ayant pas encore la majorité requise pour l'exercer. Je n'étais pas comme Louis XIV enfant, je ne m'écriais pas : « L'État, c'est moi. » J'en étais même bien loin. Qui allait prendre en main les affaires de notre famille, qui allait faire vivre cet ensemble d'usines, de fabriques et de chantiers? Pour le comprendre, il nous faut remonter un instant de quelques branches sur notre arbre généalogique. Outre le général, M. Empain, instituteur, avait eu un autre fils, prénommé François, lequel François, également baron Empain, avait eu à son tour trois filles et un fils, Édouard, né en 1914, dix ans après Jean mon père. François était plus effacé que son frère, le général. Il fut aussi un homme d'affaires mais ne prit jamais les mêmes risques : au bout de quarante ans, il était dix fois moins riche que le général. Mais dans son testament, ce dernier légua une partie non négligeable de ses biens à Édouard, son neveu, c'est-à-dire mon cousin issu de germain, de vingt-trois ans mon aîné. En 1946, à la mort de mon père, représentant de la branche aînée, ne restaient que

Louis, son frère, et Édouard. C'est dans ce contexte qu'il fallait à tout prix désigner un nouveau chef de famille, faute de quoi il y aurait éclatement de l'affaire ou intervention d'un tiers. En lice pour prendre la « régence » d'Electorail – c'était le nom de la société familiale –, il y avait donc mon oncle Louis et mon cousin Édouard. Louis était un être réservé, mystique, « toujours en prière à l'église », disait-on. Édouard, homme plutôt complexe, intimidé par les femmes, faisant plus vieux que son âge, manifestait un sens certain des affaires. Ma mère, qui était ma tutrice, ne souhaitait pas que Louis prenne la direction des affaires.

Durant ses années de mariage avec Jean mon père, on avait en effet appris à considérer Louis comme le chef de la branche ennemie de la famille. Édouard était donc le seul candidat possible, toute la famille était là, coalisée derrière lui contre Louis. C'est ainsi qu'Édouard devint président du groupe en 1947.

C'est à peu près en même temps que ma mère m'apprit qu'elle allait se remarier avec lui. Mon cousin devenait d'un coup mon beau-père. A l'annonce de cette nouvelle, je dois dire en toute honnêteté que je n'ai strictement rien éprouvé. Edouard était cet homme que j'avais vu deux ou trois fois, en visite à Bouffémont, arrivant toujours avec un cadeau pour moi et exécutant maladroitement à mon intention des pitreries qui ne me faisaient pas rire. En tout cas, il ne s'agit manifestement pas d'un mariage d'amour. C'est ma mère elle-même qui me l'expliquera bien plus tard : « J'ai épousé Édouard pour te sauver, pour que nous restions dans la maison du maître des affaires de la famille. » A part ça, personne autour de nous ne parle de ce mariage auquel, d'ailleurs, je n'assisterai pas. Tout au plus, je trouve assez bizarre que ma mère vive à Bouffémont alors que son nouvel époux vit à Bruxelles. Mais je ne me pose guère plus de questions : après tout, peut-être est-ce ainsi que les choses se font. En vérité, j'ai dix ans et je ne me suis pas assez colleté avec les choses de la vie pour avoir une idée de ce qui se passe autour de moi... Mon absence de réaction peut sembler étrange, mais, aujourd'hui encore, je l'explique par le fait que je n'ai tout simplement aucun élément de comparaison pour me faire voir à quel point cette situation était bizarre.

De fait, les beaux motifs avancés par ma mère pour expliquer son alliance doivent être tempérés d'un peu de réalisme : certes, en épousant Édouard, elle ne changeait pas de nom et nos biens ne changeaient pas de main. Et il est également vrai qu'elle n'était pas insensible à la puissance et l'argent. Comme Édouard. Pour moi, cela ne changeait rien dans l'immédiat. Sinon un petit détail, qui allait peser dans l'avenir : entre cet homme et moi, les liens horizontaux de cousin à cousin devenaient des liens hiérarchiques et verticaux, de père à fils. Ce qui sera clairement confirmé quelques années plus tard, quand Édouard m'adoptera. C'est ainsi que mon cousin devint mon beau-père, puis mon père en dirigeant un groupe de sociétés dont j'étais l'héritier légitime.

Cela étant dit, je ne me souviens pas avoir éprouvé de prévention contre le second mari de ma mère. En somme, il ne rentrait pas vraiment dans notre famille tandis que nous ne sortions pas de la nôtre. Tout au plus, je me rappelle, à partir de ma dizième année, l'agacement parfois éprouvé à l'entendre évoquer avec admiration *son oncle,* c'est-à-dire, avant tout, *mon grand-père* le général. Déjà, en moi, naissait le sentiment que je descendais plus directement que lui du fondateur de notre « dynastie ». Bien sûr, tout cela était assez flou, mais j'ai, dès cette époque, toujours eu conscience d'incarner la branche aînée de la famille. D'où cette gêne quand j'entendais Édouard parler plus souvent du général que de son propre père : je n'aimais pas qu'on me « vole » le général, il était à moi, et en ligne directe. Silencieusement, secrètement, j'étais animé de ce que l'on appelle le sens de la légitimité. Bien sûr, je n'en parlais à personne, pas même à moi.

L'essentiel de mes occupations et préoccupations était d'un enfant élevé en dehors du monde et en douceur. D'une façon générale, pour tout ce qui regardait mon destin d'héritier, je n'étais jamais associé à la connaissance des décisions prises. Peut-être ne voulait-on pas me traumatiser, ou, du moins, me troubler. Je me souviens d'une impression d'éloignement, d'être tenu à l'écart de toutes ces choses qui couvrent ces années à la fois anodines et importantes. Jusqu'à la fin de mon adolescence, on n'a jamais voulu ni tenté de me responsabiliser à quoi que ce soit. Ma véritable amie, dans les temps qui ont suivi la mort de mon père, était Juju, c'est-à-dire Miss Julia, une merveilleuse nurse irlandaise, une grande fille rousse typiquement *Irish,* qui s'occupait de moi comme une mère et avec laquelle je partageais mes jours. Jamais nous ne nous quittions. Pas plus que moi elle n'était au courant de ce qui pouvait se passer autour de nous. Nous étions tout à fait intimes et amis. Ma mère, avec laquelle je ne parlais qu'en anglais depuis toujours, était infiniment plus lointaine. C'était une très belle femme élégante. Elle faisait des apparitions que je vivais plutôt comme celles d'une divinité intouchable que d'une maman : il n'y avait aucune familiarité dans nos rapports. Mais je n'ai jamais éprouvé de manque à la rareté de ces contacts. Seul à Bouffémont, j'étais un petit garçon très heureux : la vie, c'était ainsi et c'était plutôt agréable. Une vie dans une grande propriété close de murs où l'instituteur de Bouffémont venait sur place m'apprendre à lire, écrire, compter. J'imaginais qu'il en était de même pour les autres enfants. Plus tard, mon nouveau maître fut un jeune prêtre, l'abbé Langlais. Un vrai copain de jeux, un garçon vivant, gai, qui m'expliquait et me racontait la nature, et que je revois encore jouant en soutane au foot avec moi. La seule corvée, le calvaire, c'était la leçon de piano qu'une dame venait me donner et que je redoutais d'avance. Pourtant, jamais je n'ai renâclé : c'est un trait de mon caractère d'avoir toujours été obéissant et consciencieux.

Beaucoup de choses vont changer dans ma représentation du monde réel quand on décide de me mettre à l'école, de me sortir du cocon où j'étais jusqu'alors élevé. Cette « mise au monde » a lieu à Bury, où je suis inscrit comme demi-pensionnaire au collège des pères maristes. Je viens d'avoir dix ans, je rentre en huitième et pour la première fois, je me trouve confronté avec la vie en société. D'emblée, un détail (qui n'en est pas un) me choque et me met mal à l'aise : j'arrive au collège en voiture, et avec chauffeur et je comprends immédiatement que je suis le seul dans ce cas en voyant les autres arriver en vélo ou par le train. Je peux dire que c'est là le premier embarras de mon existence. J'aurais aimé arriver comme tout le monde, ne pas être à part. On verra en effet par la suite que je suis quelqu'un de très normal et que j'ai horreur de me distinguer : de ce côté-là, on peut dire que j'ai été servi.

Peu à peu, je me fais des amis à Bury. Dès le début, je reste très réservé sur moi, ma vie, ma famille. Mais j'ouvre grandes mes oreilles. Les copains de Bury me racontent leur vie, leurs parents, leurs vacances. Ça ne ressemble pas du tout à ce que je connais. Je vois bien vite que je constitue un cas à part et qu'eux sont la majorité et je trouve cela terriblement inconfortable. Il me reste deux ou trois amis de ce temps-là. Pour eux, de prime abord, j'étais un personnage abominable, froid, difficile, sans réaction de colère ou de joie, de plaisir ou de déplaisir. Ma seule idée était de me fondre dans leur groupe afin de leur ressembler le plus possible et le plus vite possible. Dans ce but, je déployais d'intenses efforts de mimétisme en faisant mine d'aimer ce qu'ils aimaient, d'être malheureux d'être collé le jeudi alors que je m'en fichais éperdument; j'avais les mêmes porte-plume qu'eux, les mêmes plumiers, le même vocabulaire, le même argot, je laissais mon cartable dans la voiture pour arriver, comme eux, les livres sous le bras. Ne plus être différent d'eux était la seule façon de pouvoir devenir l'un des leurs. Le seul ami intime que j'ai gardé de Bury est le garçon qui, le jour de la rentrée, est venu s'asseoir sur le même banc que moi. Aujourd'hui, il dirige une menuiserie. Il s'appelle Denicourt.

Au cours de ces années où je fis mon apprentissage de la solitude à Bouffémont et de la vie en société à Bury, un personnage important fit son entrée dans ma vie pour n'en plus jamais sortir. C'est par la porte de Bouffémont qu'il fit irruption. Le régisseur de la propriété, engagé par mon père, était M. Manigo : à lui étaient dévolus les responsabilités de la bonne marche de la ferme, l'entretien de l'écurie et des chevaux, l'organisation du travail des domestiques. C'est M. Manigo qui, un jour, avait fait appel, pour l'assister, à Jean-Jacques Biérry, un jeune bachelier de dix-huit ans. Il appartenait à la classe qui n'avait pas été appelée sous les drapeaux du fait de la guerre. Afin de le mettre en règle avec les autorités, on s'arrangea pour lui faire obtenir le statut d'ouvrier agricole. Peu après la mort de mon père, ma mère mit fin au service de M. Manigo et ce fut Jean-Jacques Biérry qui lui succéda. En tant que régisseur, il disposait d'une petite maison sur la propriété. C'était un garçon délicieux et amical. Vis-à-vis de moi, s'apercevant que j'étais un peu esseulé, il se comportait comme un grand frère. Je pense qu'il conseilla peu à peu ma mère sur le cours de mes études car il devint rapidement l'une des personnes qui me connaissait le mieux à Bouffémont. Il lui arrivait souvent de m'accompagner jusqu'à l'école et je me rappelle les conversations que nous avions dans la voiture. J'avais enfin un interlocuteur qui n'était ni du camp des adultes ni de celui des enfants. Quand, après deux ans, je passais du demi-pensionnat des maristes de Bury aux oratoriens de Saint-Martin-de-Pontoise, c'est lui qui m'accueillait pour les week-ends, à mes retours de collège. C'est lui qui m'emmènera les premières fois à Paris au théâtre ou au cinéma. Nos relations étaient simples, faciles, excellentes. En deux ou trois ans, il était devenu une personne utile et indispensable dans la vie de la famille. Ma mère, qui pourtant avait un caractère « délicat », l'appréciait beaucoup. Il fut informé bien avant moi du projet de son mariage, et la confiance qu'il inspirait autour de lui toucha même

Édouard qui en fit progressivement son confident et conseiller. Mon beau-père finit d'ailleurs par le prendre avec lui au siège de la rue de Lisbonne à Paris et commença à lui confier des tâches au sein du groupe.

Jean-Jacques Biérry présente une particularité extraordinaire : il s'entend bien littéralement avec tout le monde. Dès ce temps-là, il s'imposa naturellement comme une sorte d'institution hors hiérarchie : jamais il n'y eut pour lui de dénomination officielle, jamais il n'a occupé une importante fonction exécutive. Pourtant, dans ce grand appareil industriel, il fut vite aussi indispensable que dans la famille. Dès que quelqu'un avait un problème, il allait le confier à Biérry comme à sa propre conscience. Des gens importants passaient souvent par lui pour s'adresser à mon beau-père. J'en ai moi-même, par la suite, fait autant, car je lui ai toujours confié mes soucis aussi bien d'ordre personnel que professionnel.

Droit, grand – il mesure 1,85 m –, toujours impeccablement vêtu, Jean-Jacques Biérry faisait désormais partie de la famille, de ses affaires, partageait ses secrets, dont il était à la fois le dépositaire et le pondérateur dans l'exercice quotidien du bon sens et de la logique. Aussi est-il dans les meilleurs termes avec des gens qui ne s'entendent pas nécessairement bien entre eux et qui ne lui en tiennent pas rigueur mais, au contraire, y voient le signe rassurant d'un authentique talent diplomatique. Et il est en effet un grand diplomate. Il arrange les choses. Il les arrange bien et sans manigance. Il sera une des toutes premières personnes à qui je parlerai de mon projet de mariage et, plus tard, quand je serai à la tête du groupe, c'est par lui que l'on devra passer pour m'atteindre. Son attitude est toujours irréprochable : il tient ce qu'il a promis, il n'oublie rien de ce qu'on lui demande. En quarante ans, je ne l'ai jamais vu une seule fois en colère ou contrarié, ni agressif ni fâché par qui que ce soit. Nulle part ailleurs je n'ai connu une personnalité aussi étonnante que celle de Jean-Jacques Biérry. Il a toujours eu d'excellents rapports avec Didier Pineau-Valencienne qui m'a succédé à la tête du groupe, avec moi (nous déjeunons ensemble trois ou quatre fois par mois), avec ma mère (même quand nous étions brouillés elle et moi), avec mon beau-père avant sa mort... Je tiens à dire ici que cette réussite n'est due à aucune espèce de vice ou de manigance comme on pourrait être tenté de le soupçonner : non, depuis le premier jour où il a passé le portail de Bouffémont, Jean-Jacques Biérry a été un homme parfait.

Après deux années à Bury, je me retrouve pensionnaire chez les oratoriens de Saint-Martin-de-Pontoise. Désormais, l'essentiel de mon existence se déroule à l'école. Chez moi, faute de points de repère, la vie demeure toujours aussi insaisissable. A l'école, c'est, pour ainsi dire, exactement le contraire : on sait exactement où on met les pieds et il y a une règle du jeu qui manquait cruellement chez moi. Je suis resté à Saint-Martin-de-Pontoise jusqu'à mon bac. Je m'y trouvais très bien. J'y étais très heureux, de plus en plus heureux à mesure que passaient les années. J'étais enfin intégré à tous les plans dans un univers bien précis dont je connaissais parfaitement les lois et les coutumes. Tellement bien intégré qu'après le bac, je m'étais porté candidat à la présidence de Promotion, que j'avais fait campagne et été élu par mes condisciples, un exploit pour un timide comme moi.

Après l'année du bac s'ouvrit une année un peu trouble et indécise. Je n'avais pas envie de poursuivre, mon beau-père et ma mère m'y poussaient. Avec ennui, je suivais des cours de droit et de comptabilité à Paris. Ennui profond : je regrettais la vie de Saint-Martin-de-Pontoise. Avec retard ou « dans les temps », je ne sais, je vivais cette crise de post-adolescence faite d'idées vagues et de révoltes intérieures, une révolte essentiellement dirigée contre mon milieu familial qui m'était de plus en plus étranger. J'étais alors un effréné coureur de jupons. Je venais d'avoir dix-huit ans, ce qui me permettait, dans ma panoplie, d'arborer une merveilleuse Austin Healey bleu ciel. Il faut comprendre que courir les jupons en 1955 – et ceux qui ont eu dix-huit ans cette année-là s'en souviennent sûrement – ne signifiait pas – et de loin – coucher dans son lit toutes les femmes que l'on désirait. Dans cette « course », on courait sur le terrain du flirt, dont les grands moments étaient : danser un slow avec les bras autour du cou, prendre la main le cœur battant, embrasser sur la bouche et parfois bien timidement. Ni mes compagnons ni moi n'étions de jeunes tombeurs et les filles auxquelles nous faisions la cour n'accordaient que ce que l'époque voulait bien accorder. Pour aller « plus loin », je m'avisai finalement qu'il était préférable de me faire connaître auprès de jolies femmes mariées qui appréciaient ma disponibilité de chien fou et n'attendaient pas spécialement de moi que je leur fasse une longue cour.

Je découvris donc un peu dans le désordre ce que ni Bouffémont ni les études ne m'avaient appris. Mais, par nature, par caractère, j'éprouvais confusément un besoin de stabilité, à la fois pour ce qui regardait ma vie sentimentale et pour ce qui concernait mon avenir professionnel. J'étais passablement insatisfait.

En 1957, comme chaque année depuis 1953, nous passions le mois d'août à Juan-les-Pins, où Édouard louait une villa, villa May, boulevard du Littoral. Ma mère ne venait jamais dans le Midi et Édouard, craignant le soleil comme tous les rouquins, restait confiné à l'ombre de la maison. Je menais la bonne vie. J'avais ma voiture bleu ciel, j'étais tout blond, tout bronzé, j'avais un cris-craft sur lequel j'emmenais garçons et filles faire du ski nautique; le soir, nous allions danser dans ces clubs où l'on entrait pour 500 francs de l'époque, puis nous prenions un bain de minuit au son de la radio allumée dans la voiture. Cette année-là, vers le 10 août, mes amis et moi avions noté l'arrivée d'une très jolie fille en compagnie d'une dame qui nous avait semblé être sa mère. Elles étaient descendues à l'hôtel Provençal. Quelques jours plus tard, je la vis en compagnie de mon meilleur ami de vacances, très fier de l'emmener en promenade en bateau. La jeune fille avait beau m'intéresser, je cessai d'y penser dès lors qu'elle était en compagnie d'un ami. Ce dernier s'absentant quelques jours de Juan-les-Pins, je vis la belle inconnue au bras d'un autre chevalier servant. L'été passant, je n'y fis plus attention. Septembre arrive. Nous nous sommes retrouvés seuls, elle et moi, sur la plage. Il aurait vraiment fallu que je sois sourd, muet et masochiste pour ne pas engager la conversation avec une très jolie fille seule sur une plage du Midi au mois de septembre. Nous sommes devenus amis. Et tendrement amis. Pour tout dire, nous étions très amoureux. Elle était italienne et s'appelait Sylvanna. Elle savait que j'étais belge et que je m'appelais

Wado. Nous n'en savions guère plus l'un de l'autre, sinon que « nous étions bien ensemble ». C'est d'ailleurs ce que j'avais dit à sa mère, une femme qui m'avait accueilli de façon adorable. Facile, me dira-t-on, d'être adorable avec le descendant de la famille Empain. J'ai toujours eu trop à cœur d'être pris pour moi-même et non pas pour un titre ou un compte bancaire pour ne pas me méfier des élans d'affection qui poussent certaines personnes vers moi. Mais en 1955, ma photo n'avait jamais fait la une des journaux. La mère de Sylvanna ne savait de moi que ce qu'elle voyait : un beau gars, sain et manifestement pas « fauché », mais rien de plus. Le 10 septembre, les vacances étaient finies.

Sylvanna repartit pour Milan, moi pour Paris.

Sitôt revenu, je n'eus qu'une idée en tête : la revoir et l'épouser. Elle avait dix-sept ans et demi, j'en avais dix-neuf. J'en parlai aussitôt à Édouard avec lequel j'abordais plus facilement ces questions qu'avec ma mère. Je lui fis part de mon intention de me fiancer. Mon beau-père accepta alors de se rendre avec moi et Biéry – que nous avions bien entendu consulté pour cette affaire – à Milan où habitait Mme de Ambrosis, mère de Sylvanna. Je ne sais si Édouard et Biérry effectuaient cette démarche de gaieté de cœur et avec conviction, mais eux me connaissaient assez pour savoir que je ne renoncerais pas à mes intentions. Pendant l'entrevue, Sylvanna me promena longuement dans Milan. De retour chez sa mère, nous apprîmes qu'il avait été décidé de fêter nos fiançailles le 7 octobre, jour de mon anniversaire, jour de mes vingt ans. Cela se passerait en petit comité familial d'une vingtaine d'intimes. Après quoi Sylvanna ne retournerait pas à Milan, mais resterait à l'hôtel à Paris. Ma mère et mon beau-père n'étaient pas très chauds devant ma précipitation. Bon gré mal gré (plutôt mal que bon), ils prirent donc la décision : notre mariage aurait lieu le 15 décembre à Bouffémont, où deux mille personnes avaient été invitées.

On peut décrire l'histoire de ce mariage pour ce qu'elle est : l'histoire d'un coup de foudre. Sylvanna Bettuzzi était aussi brune que j'étais blond. Son père était médecin et elle vivait avec sa mère depuis le divorce de ses parents. Nous étions tous deux aussi innocents qu'amoureux. Nous avons accompli notre voyage de noces aux États-Unis où j'avais une grand-mère à New York et une tante à Los Angeles. Nous avons eu trois enfants. Patricia, l'aînée, est née en 1959. Elle est mariée à un Américain et vit à Dallas où elle élève ses trois enfants. Christine, née en 1961, a un enfant et vit à Paris. Jean-François, né en 1963, après des études à l'European Business School, accomplit actuellement son service dans l'armée française à l'école d'EOR de Villacoublay. Peu de temps après mon enlèvement, Sylvanna et moi nous sommes séparés. J'ai été profondément heureux avec ma femme. Nous avons gardé d'excellents rapports et il ne se passe pas de semaine que nous ne nous appelions plusieurs fois au téléphone : nous sommes aussi proches l'un de l'autre qu'un frère et une sœur qui s'aiment peuvent l'être.

Me voici donc marié. Et bien marié : en vingt ans de vie commune, Sylvanna et moi avons dû être séparés en tout et pour tout une quinzaine de jours. Nous ne nous quittions jamais, passions nos week-ends ensemble, dix jours à Noël aux sports d'hiver, dix jours à Pâques et le mois d'août entier sur la Côte-d'Azur, toujours de la même façon : je descendais seul en voiture après avoir mis ma femme et mes enfants dans l'avion et nous nous retrouvions au « Château Saint-Georges », appellation plutôt exagérée de la villa que je louais à Mme Frank G. Gould, épouse du roi des chemins de fer américains, également propriétaire de l'hôtel Provençal de Juan-les-Pins où j'avais rencontré ma future femme.

Cette vie régulière, ces habitudes de temps et de lieu revenant à intervalles réguliers au fil des ans sont une marque essentielle de mon caractère. Si ma vie donne à penser le contraire, il faut pourtant savoir que je suis tout sauf quelqu'un de compliqué et il me semble important de donner à ce sujet quelques précisions complémentaires sur moi-même pour bien comprendre dans quel esprit j'ai entrepris ce que j'ai fait et comment j'ai vécu ce qui m'est arrivé.

Tout d'abord, je suis depuis toujours animé d'un sens aigu du devoir et de la perfection : ce que j'ai décidé de faire, je le fais à fond et de façon à ce que le résultat ne puisse encourir le plus petit reproche. Et ceci est valable jusque dans les plus infimes détails : la vie régulière que j'ai toujours menée entre mon bureau et ma maison n'aurait pas supporté la moindre entorse. Si j'arrivais à mon travail avec un quart d'heure de retard, j'avais l'impression d'avoir commis un péché. Il m'a toujours fallu me sentir à l'abri du reproche. On comprendra, dans ces conditions, que le cercle des amis ou des fréquentations ait toujours été sévèrement réduit et contrôlé autour de moi : moins je vois de gens, moins je risque de reproches. Quand quelqu'un, en effet, m'adresse un reproche, j'éprouve toujours un violent sentiment d'injustice, et là encore pour les questions les plus anodines. Il m'est arrivé ainsi d'envoyer promener pour des semaines telle personne qui m'avait fait gentiment une remarque à propos de ma manie de me ronger les ongles. De même je n'accepterais pas la moindre observation sur la couleur ou le motif de ma cravate : rien de ce que je fais n'est dû au hasard, qu'on me fiche donc la paix, à moi qui ne fais jamais de remarque à quiconque.

Dans la même ligne, je ne suis pas rancunier. Je n'y ai pas grand mérite car je suis indifférent au mal qu'on peut me faire : la trahison d'un ami, même très proche, ne m'atteint pas. Si je le retrouve par hasard dans un bar, j'irai sans hésiter prendre un verre avec lui. C'est déjà arrivé. Cela a toujours été ainsi. Il ne s'agit pas de complaisance de ma part : simplement, je ne vois aucune raison de renier ce que j'ai aimé.

Je sens, à écrire ces lignes, que je risque de décevoir les membres du public qui, lors de mon enlèvement, avaient sympathisé avec l'image d'un jeune baron play-boy, joueur, conquérant et romanesque, victime d'un destin impitoyable, mais accordé à une personnalité hors du commun. Nous y reviendrons. Mais disons tout de suite que « ce n'est pas tout à fait ça », en effet. Certes, je ne suis pas un enfant de chœur, mais je ne suis pas par vocation un héros de roman-fleuve. Je suis un type plutôt tranquille, pas contrariant, je m'endors trois minutes après m'être couché – où que ce soit – et je ne connais ni l'insomnie ni les interrogations profondes et quotidiennes sur le sens – caché? – de ma destinée. Je ne suis ni bavard ni taciturne, ni romantique ni sec, ni génial ni stupide. Au vrai, je suis banal. Ou plutôt, je suis normal.

Je dirai même que je suis d'une normalité provocante. Et provocante de tout temps. Déjà, même, au sein de ma famille, à la fin des années cinquante : je passe mon bac, je fais mon service militaire, je me marie, j'ai des enfants... Dans mon milieu, parmi les miens, qui ont traversé tant de situations extra-normales, on éprouve de la difficulté à trouver normal... que je sois normal. Mon beau-père Édouard, ma mère voient comme une sorte de phénomène monstrueux cet enfant pour qui un plus un égale deux, qui a des amis parmi les enfants du village, qui aime jouer, qui aime les bons restaurants, qui apprécie la vie, qui est passionné de sport : peu à peu, une sorte de malaise réciproque s'installe entre la « famille régnante », mon beau-père et ma mère, et son rejeton. Un malaise impalpable, générateur d'incompréhension mutuelle qui pèsera beaucoup dans l'avenir.

CHAPITRE III

On peut légitimement s'étonner du contraste entre ce portrait d'homme tranquille que je viens de brosser de moi-même et l'image autrement plus « agitée » qui en fut donnée lorsque, mon rapt aidant, apparut ce cocktail de play-boy, d'aventurier et de grand patron qui plaisait tant aux magazines. Il faut bien dire qu'il s'agissait là d'une image relevant davantage du casino de Paris que de la réalité. Mais il est néanmoins exact que le jour où je me suis retrouvé à la barre de l'entreprise familiale, j'étais un tout autre homme que le jeune riche héritier qui avait fait un mariage d'amour en décembre 1957. Ce n'est pas seulement le passage du temps qui avait opéré cette mutation. Je dirai même qu'en prenant le pouvoir en 1967, j'avais enfin mon âge. J'étais devenu adulte parce que j'avais appris. Et durant ces dix ans, j'allais apprendre beaucoup plus de choses que je ne l'avais fait depuis le jour de ma naissance. Au départ, il y avait le jeune Empain, à l'arrivée, il y avait le baron.

Curieusement, c'est au service militaire que je dois les premières circonstances m'ayant permis d'en savoir plus sur moi-même. Non pas pour les vertus du métier des armes. Si mon grand-père tenait tant à son titre de général – et ne voulait d'ailleurs être appelé que : Général –, c'est qu'il l'avait glané sur les champs de bataille de la grande guerre. Je n'étais personnellement pas passionné par les exploits guerriers ni davantage impressionné par le prestige de l'uniforme. Je l'étais si peu que je m'étais soigneusement abstenu de préparer les EOR, ce qui « limitait » mon temps sous les drapeaux à quinze mois au lieu de dix-huit. Pour un garçon de vingt et un ans, quinze mois étaient largement assez. J'accomplis trois mois de classe comme simple trouffion à Namur où j'avais été affecté par hasard dans l'aviation. Trouffion je suis entré dans l'armée, trouffion j'en suis sorti. Pour moi, durant la période de classe et d'instruction, la vie ne changeait pas grand-chose à celle du pensionnat : il y avait des règles du jeu, il suffisait de les repérer afin de se tirer au mieux des brimades habituelles, des revues de détail, des marches forcées. Après sept années de pension, c'était de la routine. De même pour les rapports avec les camarades du régiment. Dans la force aérienne belge, Édouard Empain est un soldat comme les autres. Mon nom ne dit strictement rien à des jeunes types de vingt ans. Pour eux, je pourrais aussi bien être garagiste, qu'agriculteur, et m'appeler van Stenbergen : je suis wallon, affecté à un camp wallon et je parle français comme tout le monde.

Durant mes premières permissions, je me rendais à la propriété de mon beau-père à Enghien, à trente kilomètres de Bruxelles, où Sylvanna, ma femme, s'était installée avec notre fille aînée Patricia, née le 10 septembre, durant mes semaines de classes. Par la suite, je fus affecté dans les bureaux militaires à Bruxelles, comme secrétaire d'un colonel supervisant la codification du matériel de l'armée. Là, le colonel ni le secrétaire ne sont accablés par le travail : comme on l'imagine, la codification du matériel de l'armée est une tâche particulièrement exaltante.

Dans une grande pièce, le colonel règne sur un grand bureau devant les fenêtres et le secrétaire gouverne un petit bureau dans un coin de la même pièce. Il ne vient pratiquement jamais personne dans ce secteur de l'armée belge oublié en plein Bruxelles et le secrétaire a pour mission essentielle de présenter un bureau briqué et des papiers rangés au carré. Ce lieu, qu'on veuille bien me pardonner, je m'y suis carrément emmerdé durant douze mois de ma vie. Mais il faut reconnaître qu'il y a un avantage à la fois agréable et important, comme on va le voir, à cette affection trouffionesque et rond-de-cuiresque. En effet, si durant les classes je menais la vie du pensionnaire, à Bruxelles, je bénéficiais du statut de demi-pensionnaire, ce qui était déjà la moitié de la liberté. Le « demi-pense » arrivait à 7 h 30 le matin et repartait à 6 h 30 le soir. Je rentrais chez moi retrouver Sylvanna dans un appartement que nous avions loué rue du Congrès à Bruxelles. Chaque matin, vêtu de mon uniforme et coiffé de mon béret basque gris et blanc, je m'installais au volant d'une vieille Mercedes 190 qui tenait debout par miracle et me permettait d'arriver discrètement à la caserne, tant elle était peu voyante.

Menant cette vie, plus proche du calme plat que des grandes manœuvres, j'étais devenu assez vite le confident de mon supérieur, un excellent homme, le colonel Deydier qui me conta d'abord tous les éléments saillants de sa guerre, puis me fit peu à peu le témoin de ses joies et de ses peines familiales. Découvrant ainsi ses batteries, il pouvait, sans être indiscret, me poser à son tour des questions sur ma famille, sur le groupe industriel auquel on accolait toujours mon nom. Peut-être le colonel finit-il par me prendre pour un petit cachottier. Toujours est-il qu'à ces questions je ne savais jamais très bien quoi répondre. C'est ainsi, qu'en plein service militaire, dans le bureau même du service des codifications de l'armée belge, j'eus soudain conscience que je ne savais quasiment rien des affaires de la famille. Dans le même temps, cet état de recul quotidien dans l'ennui m'amenait à penser à ma vie d'une façon nouvelle. Je m'aperçus que ne rien savoir des affaires de ma famille revenait d'une certaine façon à ne rien savoir sur moi-même.

J'avais alors à Bruxelles un ami âgé de quelques années de plus que moi et que je voyais assez souvent. Michel Relecom, c'est son nom, dirigeait la brasserie Caulier. Il était le petit-fils d'un général Dupont, ami de mon grand-père. Il connaissait mes sœurs aînées et ma famille, et il était déjà très engagé dans le monde des affaires. Un soir, il m'appela au téléphone pour me dire : « *Il se passe des choses dans ta famille, il faut que je te parle.* » Je le rejoignis aussitôt. Michel Relecom m'apprit alors que mes sœurs Huguette et Jeanine venaient de vendre au baron Lambert, c'est-à-dire à la banque Lambert, toutes les actions Electrorail, c'est-à-dire du groupe Empain, qu'elles détenaient, soit la moitié de ce que mon père nous avait légué à elles et à moi. Cela signifiait aussi – et surtout – que la banque Lambert effectuait alors ce qu'on appelle, dans l'argot financier, un raid sur le groupe Empain, une OPA, en achetant systématiquement en bourse les titres

Electrorail. Relecom envisageait deux cas de figure possibles à ce point de la situation : ou bien la banque Lambert réussissait son raid et se portait maîtresse de la majorité des sociétés de la famille; ou bien Édouard, mon cousin et beau-père y répliquait par un de ces montages financiers machiavéliques dont il avait le secret. Mais, me fit remarquer Relecom, dans un cas comme dans l'autre, non consulté, inexistant, je risquais de me retrouver éjecté du circuit avant même d'y avoir compris quelque chose. Voilà pourquoi il avait voulu me voir si vite et concluait notre entretien en me faisant remarquer que je ferais bien de me réveiller. Pour le soldat Empain, la vie de caserne allait prendre un tour assez nouveau. Me voyant sous le choc, Relecom me conseillait de m'entendre avec la banque Lambert. Selon lui, elle allait gagner son pari et engloutir le groupe Empain. D'abord parce qu'elle en avait les moyens et la volonté. Ensuite, et surtout, parce qu'Édouard était incompétent et incapable de faire face à un tel assaut frontal. Je ne voulus pas me rallier à la thèse de mon ami. En fait, je désirais d'abord savoir quelle position j'occupais sur cet échiquier où l'on déplaçait des pièces et jouait une partie où je n'avais pas été convié. Enfin, ma réaction première et instinctive était de ne rien entreprendre contre Édouard avant d'avoir tout essayé avec lui.

Quoi qu'il en soit, je prenais avant tout conscience de ma vertigineuse méconnaissance de la situation. Jamais mon beau-père et encore moins ma mère ne m'avaient informé de quoi que ce soit de précis touchant aux affaires de la famille. Je me rappelais seulement des apparitions d'Édouard me demandant de signer ici et là tel ou tel papier, ce que j'avais fait sans poser de questions, avec la bonne volonté d'un adolescent sage. Désirant me renseigner par moi-même, je rendis un soir, flanqué de Michel Relecom, visite à *Monsieur Collard*, secrétaire particulier d'Édouard. C'était « l'esclave » de mon beau-père, un petit homme timide et craintif, excellent comptable au demeurant, qui me vit débarquer avec étonnement et que je priai de bien vouloir m'expliquer quelle position j'occupais, en tant qu'héritier de Jean Empain, sur le fameux échiquier familial. Une heure plus tard, j'avais tout compris : essentiellement, j'étais parfaitement et totalement minoritaire dans toutes les sociétés du groupe malgré le nombre de titres et de capitaux laissés par mon père, pourtant infiniment supérieur à ce que possédait Édouard.

Que s'était-il passé? Il était passé, si j'ose dire, un enfant d'Édouard, un fameux enfant d'Édouard que celui-ci m'avait fait dans le dos. Aux termes de l'opération dont je prenais connaissance, mon patrimoine n'était plus constitué des 98 000 actions Electrorail (société mère du groupe Empain) ou d'autres sociétés de la famille dont j'avais hérité à la mort de mon père, mais d'actions de sociétés confidentielles, créées en saupoudrage par Édouard et dont j'avais bien innocemment signé la constitution à l'âge de 15 ans. Au point de vue de mon capital, ce savant mécanisme ne changeait rien. Mais au point de vue du pouvoir décisionnaire, il changeait tout : je n'avais rien.

Imaginez par exemple qu'Édouard avait une « troupe » de 40 000 actions Electrorail et moi une troupe de 98 000 actions Electrorail. Sur le papier, j'étais plus puissant que lui. Mais avec la totalité de ses 40 000 actions, Édouard constitua une première « armée » baptisée Auxiliaire. dans laquelle il détenait 51 % des parts et où je détenais 49 % des parts avec 39 000 de mes actions. La société Auxiliaire engendra une société Omnium dans laquelle elle détenait de nouveau 51 % des parts et où une partie des 59 000 actions me restant fut investie. Une deuxième société, fille d'Omnium et Auxiliaire, Trustivalor recueillit encore une part minoritaire de mes actions. Et ainsi de suite, autant de fois – et de sociétés – que nécessaire jusqu'à ce que la grosse masse de mes 98 000 actions de départ fût diluée dans une série de petites unités où elles n'avaient pas la majorité. A la sortie de cet étrange train fantôme, je n'avais plus 98 000 actions Electrorail, mais 10 %, 20 %, 4 %, 5 %... de telle ou telle de ces sociétés confidentielles dont Édouard avait imaginé et tissé le savant réseau. Comme me l'avait dit Relecom, il était grand temps que je me réveille. Ce soir-là, après une heure passée à écouter M. Collard, j'avais, pour toujours, perdu mon innocence.

Je suis alors dans le même état que toute personne ayant perdu sa candeur : comme piqué par une guêpe. A la fois surpris, abasourdi et fou furieux. Cette prise de conscience se décompose et s'étage sur trois paliers : premièrement, je comprends qu'on s'est fichu de moi; secondement, que la patrie est en danger; troisièmement, que cette patrie n'est plus vraiment la mienne, précisément parce qu'on s'est fichu de moi.

Bien entendu, la cible centrale de mon ressentiment est alors Édouard, l'homme qui m'a adopté sans qu'on me demande jamais vraiment mon avis, qui a abusé de ma conscience d'enfant en me faisait signer toute une succession de documents, me dépossédant non de mon bien certes, mais de la faculté d'en user comme successeur de mon père. En fait, je voyais un peu

Édouard comme un régent qui se serait institué lui-même comme mon intérimaire. Il est vrai, cependant, que je n'avais jamais manifesté la moindre velléité de prendre un jour la suite de mon père. On pouvait également admettre, comme Biérry le pensait, qu'Édouard avait fort bien pu m'adopter et réaliser le savant montage de sociétés dans le seul but de protéger au mieux mes intérêts des atteintes extérieures (et le raid Lambert prouvait que ce n'était pas seulement une hypothèse d'école) et de s'en donner les moyens en réunissant sous sa main l'ensemble des pouvoirs. Il n'était pas impensable, enfin, que, placé dans la situation où il s'était trouvé à la mort de mon père et ayant pour responsabilité première de me protéger moi-même, il n'ait pu deviner à l'avance quel homme deviendrait l'enfant que j'étais. Étant moi-même taciturne et réservé, avais-je ainsi étouffé les sentiments « inconscients » et divers éprouvés au remariage de ma mère et à mon adoption au point de décourager par avance toute tentative de dialogue de la part d'Édouard? Je dois reconnaître que, jusqu'au soir où je rendis cette visite décisive à M. Collard, je n'avais jamais éprouvé la sensation d'être un Hamlet des temps industriels.

Quoi qu'il en fût des atténuations que j'apporterais plus tard à mon indignation de l'époque, deux choses demeuraient certaines : premièrement, jamais, au grand jamais, je n'avais été associé à la connaissance de tout ce qui se passait au-dessus de ma tête (c'était au contraire le règne du silence); deuxièmement, je me retrouvais le plus légalement du monde démuni de tout accès au pouvoir familial, de droit légal au « sceptre Empain ». Et ce sentiment de dépossession et de mystification, je le ressentais viscéralement et violemment.

Toutes ces découvertes, je les faisais au moment où la banque Lambert effectuait son raid. Un raid qui avait commencé par l'achat à mes sœurs Huguette et Jeanine de leurs parts de 49 000 actions Electrorail, héritées de mon père et qui, additionnées, représentaient une somme de 98 000 actions, égale à celle dont j'avais moi-même hérité, marque de la volonté de mon père de faire de moi son héritier non seulement légitime mais « dynastique ». Par des articles de presse et au cours de conversations privées, j'appris qu'Édouard faisait face à l'OPA sur Electrorail en rachetant en bourse des actions de la société de façon rocambolesque et compliquée, bien dans la ligne de son style si particulier. Deux questions se posaient à moi dans l'immédiat : mon beau-père parviendrait-il à s'en tirer contrairement à ce que beaucoup présageaient alors? Allais-je demeurer ainsi éternellement en situation d'incapable?

A la première permission venue, je fis le voyage à Paris en compagnie de Michel Relecom. On peut se demander pourquoi je me faisais accompagner d'un étranger à la famille. D'une certaine façon, j'étais moi-même soudain un peu étranger à ma famille : les parents, les conseils, les avocats, tous les gens vers lesquels j'aurais pu me tourner étaient « de la famille », mais pas nécessairement « du côté Wado ». C'est donc avec Relecom que je vins à Paris. Nous avions, lui et moi, respectivement vingt-cinq et vingt ans...

Notre première étape fut Bouffémont. Nous y débarquâmes un samedi matin, y trouvant ma mère. Évidemment, le Wado qu'elle avait connu, éternel enfant sage et réservé, ne ressemblait pas au Wado particulièrement vif qu'elle découvrit ce jour-là. Sachant qu'elle n'était pas une financière de métier, je lui fis part de façon extrêmement concrète de mes impressions personnelles, se résumant à la certitude d'avoir été mené en bateau durant toute une minorité légale dont Édouard avait allègrement profité. Dans les formes, la scène fut assez violente et coléreuse de ma part. Après quoi je dis à ma mère que je partais sur-le-champ pour Neuilly, où habitait Édouard, dans la ferme intention de tirer au clair toute cette affaire, et dans les plus brefs délais afin que me fût restitué tout ce qui m'avait été pris, faute de quoi je n'hésiterais pas à m'associer aux gens de la banque Lambert.

J'imagine que durant le trajet en voiture, le téléphone avait dû sonner et fonctionner entre Bouffémont et Paris comme je l'avais escompté. En arrivant à Neuilly, en effet, nous trouvâmes Édouard en compagnie de son bras droit, Raymond Brissaud, un homme parfaitement informé, comme Biérry d'ailleurs, de cette « combine » de holding qui me conservait mes biens tout en me dépouillant de tout pouvoir. Comme Biérry, Brissaud – il me le dit lui-même plus tard – pensait que les intentions d'Édouard avaient été honnêtes dans cette affaire et qu'il avait ainsi procédé par mesure de sécurité à mon égard.

L'entrevue dura toute la soirée. Je dis tout ce que j'avais à dire et exigeait tout ce que j'estimais devoir exiger. A savoir, en fin de compte, la signature par mon beau-père d'un accord donnant toute satisfaction à mes demandes et apaisant toutes mes inquiétudes. Le lendemain, je revins de nouveau, sans Michel Relecom cette fois, au 21, rue du Bois-de-Boulogne à Neuilly, chez Édouard. Raymond Brissaud avait préparé un brouillon de l'accord, un texte assez bref un huit paragraphes, prévoyant notamment – et essentiellement

– mon accession à la présidence d'Electrorail à ma première demande et l'engagement d'Édouard, dans ce cas, de voter en ce sens avec les pouvoirs que lui donnaient ses titres.

C'est ainsi que s'accomplit la première conquête – ou reconquête – de ma vie d'homme. Si j'avais en effet « perdu mon innocence » en prenant connaissance du « système Édouard », je gagnais mes premiers galons d'être adulte en obtenant la signature des « accords de Neuilly ». Le soir même de cette signature, j'étais de retour à Bruxelles avec le sentiment d'avoir accompli quelque chose d'utile.

Je ne baignais pas pour autant dans une sorte d'euphorie victorieuse. Non, ce n'était pas « je me voyais déjà », comme dans la chanson. Je ne me voyais pas trônant derrière un bureau directorial et présidant, à vingt ans, aux destinées d'un immense regroupement d'hommes, de moyens et de compétences dont je venais à peine de soulever un coin du voile qui me l'avait caché jusque-là. Tout d'abord pour une raison bien simple, personnelle et évidente : j'avais, justement, vingt ans et, en ce point de mon existence, je totalisais huit années de pensionnat et bientôt quinze mois de service militaire. A cette époque, Wado n'a encore rien fait de sa vie, il sort du cocon. Il n'est pas disposé à se coltiner 45 heures de bureau hebdomadaires plus les obligations de toutes sortes. En réalité, je n'avais encore jamais éprouvé ma liberté totale d'adulte, je la touchais à peine du doigt et j'étais décidé à la vivre. Et c'est dans les jours suivant l'accord de Neuilly, durant ces heures de bureau à la caserne qui me laissaient tout le temps de réfléchir, que je pris moi-même les décisions qui allaient guider mon comportement pour les dix années à venir : premièrement, mener déjà sa propre vie; secondement, apprendre le métier auprès du groupe familial; troisièmement, voir Édouard Empain, mon beau-père, à l'œuvre.

Ce dernier en effet avait été très affecté de la conjonction du raid du groupe Lambert et du « raid » de son fils adoptif, lors d'un fameux week-end à Neuilly. Je pense d'ailleurs que s'il n'y avait pas eu l'affaire Lambert pour le contraindre à une position défensive, Édouard aurait résisté de tout autre manière à mon assaut. On disait d'ailleurs qu'il serait incapable de faire face à l'action du baron Lambert, qu'il n'en avait pas la capacité. En fait, il a prouvé le contraire, au dernier round.

Pour résumer la situation, j'avais mis les pieds dans le plat et j'avais mis, par la même occasion, un pied dans le groupe. Mais je n'y étais pas moi-même tout entier, ayant pris soin de réserver mes droits à ce sujet. Quant à Édouard, il montrait en effet qu'il pouvait encore déployer toutes les ruses et faire preuve de toute la résistance d'un vieux sanglier. Jour après jour, semaine après semaine, aidé par Raymond Brissaud, il était parvenu à faire échec à la tentative du groupe Lambert qui, au terme du combat, n'obtenait plus qu'un strapontin après avoir tiré l'épée pour confisquer un trône. Édouard, dont beaucoup disaient au début des « hostilités » qu'il était fichu et incapable de faire face à l'offensive, démontrait qu'il n'était pas aussi désarmé qu'on avait bien voulu le dire. La démonstration fut complète quand, après trois années d'inconfortable cohabitation avec nous, les Lambert se retirèrent du jeu en nous remettant leur maigre strapontin.

Il était temps pour moi d'apprendre le métier tout en

menant ma vie d'homme, toute neuve pour moi. Apprendre le métier, comme je l'ai dit, c'était d'abord observer Édouard. Après son succès face aux Lambert et durant le début des années 60, j'avais le sentiment que mon beau-père faisait bien son métier. En 1967, je trouvais qu'il le faisait très mal. Que s'était-il passé entre ces deux dates? Tout simplement j'avais fait moi-même l'apprentissage de la profession, de son fonctionnement, de ses arcanes et je disposais désormais des éléments de savoir et d'information me permettant de juger, en connaissance de cause, des talents de mon beau-père. Mon jeune âge aidant, j'allais éprouver un peu plus fortement, mois après mois, année après année, la réalité de l'existence, au cœur de ce puissant empire, d'une direction vieille et poussiéreuse, tant dans ses méthodes que dans ses perspectives. Je restais des journées entières avec Édouard dans son bureau du siège de la rue de Lisbonne où, durant toutes ces années, j'ai passé une demi-journée par jour et cinq jours par semaine, c'est-à-dire la moitié de mon temps. Édouard et Raymond Brissaud me tenaient au courant de toutes les affaires. Édouard, très friand de titres et attaché aux honneurs, gouvernait moins qu'il ne régnait, de façon assez capricieuse d'ailleurs, histoire de montrer qu'il était le vrai patron. Il pouvait par exemple s'occuper personnellement de faire renvoyer un chauffeur, ou bien se prendre de bec avec un huissier. Face à un directeur de filiale son autorité était en revanche plus discrète et je m'aperçus peu à peu que, malgré sa façon assez spectaculaire de régner, Édouard était considéré comme un point obligatoire par lequel il fallait passer pour la forme, comme incarnant une partie des obligations internes aux mœurs du groupe mais qu'en réalité le patron de fait était Raymond Brissaud, même si ce dernier avait été affublé du titre subalterne de chef de cabinet de la Présidence. En gros, Édouard régnait, Brissaud gouvernait et les directeurs des différentes sociétés du groupe exécutaient. Pourtant, si Édouard tenait à sa fonction représentative à l'intérieur, il ne l'assuma jamais à l'extérieur, tant il était maladroit et timide, distrait et brouillon, gaffeur et déconcertant.

Ainsi s'accomplissaient mes premiers pas dans ma nouvelle vie. Raymond Brissaud me montra comment il dirigeait le groupe, me fit connaître les directeurs des filiales. Édouard, lui, n'avait d'autre activité qu'à son bureau qui était toute sa vie, le seul endroit où il se sentait exister. Quels qu'aient pu être nos rapports, nos méfiances, nos désaccords, nos déceptions réciproques, Édouard demeure, fondamentalement, quelqu'un qui me fait de la peine et m'inspire de la pitié, un homme qui n'a jamais connu ce qu'est la joie de vivre. Un homme qui vivait en solitaire et dans la solitude : ma mère, sa femme, avait toujours habité loin de lui, à Bouffémont et n'avait jamais manifesté empressement ou intention de vivre auprès de lui.

Durant cette époque d'apprentissage, j'étais plus un spectateur intéressé qu'un futur acteur des affaires de la famille. Certes, lorsqu'on me demandait ce que je faisais dans la vie, je répondais déjà : industriel. Sur mon passeport, d'ailleurs, ma profession était : « administrateur de société ». Mais ce libellé n'a jamais voulu dire grand-chose : j'assistais au début en moyenne à quatre ou cinq conseils d'administration par an, qui, Édouard les détestant, ne duraient jamais plus d'un quart d'heure. Je me rappelle certaines matinées bruxelloises de grande chauffe où, sur ordre d'Édouard, sept conseils d'administration avaient été programmés à la queue leu leu et où les participants, venus parfois de loin, avaient tout intérêt à arriver à l'heure sous peine de tomber dans le conseil suivant.

En réalité, l'idée maîtresse d'Édouard était qu'il fallait gérer l'acquis et transformer, si possible, tous les biens en argent. L'industrie était pour lui incommode, dangereuse et aléatoire alors que la finance offrait le moins de risques possibles. Il préférait et aimait gérer l'argent. Raymond Brissaud le suivait dans cette voie, mettant en œuvre sa politique. Comme, par ailleurs, Édouard ne voulait rien vendre qui appartint à la famille – c'était sacré –, ni acheter des usines permettant de diversifier les activités du groupe, ça n'était pas sa politique, nous étions une belle puissance immobile, que certains, à l'intérieur de la forteresse, trouvaient carrément inerte. N'ayant pas, au même degré qu'Édouard, un égal respect pour tout ce qu'avait accompli le Grand Ancêtre, le Général, n'ayant pas personnellement connu ce dernier comme mon beau-père avait pu le connaître, je pensais qu'une société a une naissance, une vie, une mort et qu'ainsi doivent être les choses. En revanche, l'idée de lancer, de créer, d'innover, de monter de toutes pièces quelque chose me passionnait et demeure aujourd'hui encore ce qui, professionnellement, me passionne toujours le plus au monde.

Peu à peu, au fil des ans, j'avais fini par occuper une position en or : d'une part, je n'étais menacé en aucune sorte du fait de l'épée de Damoclès scintillant au-dessus de la tête d'Édouard sous le nom « d'accords de Neuilly »; d'autre part, je n'avais à soutenir aucune responsabilité dans les décisions dont j'étais à l'origine. J'étais ce que je ne suis pas parvenu, malgré tous mes efforts, à être en 1977 : une éminence grise, emploi taillé sur mesure pour moi.

Nous étions en 1967 et c'est alors qu'un jour de novembre, Raymond Brissaud vint me trouver d'un air grave et préoccupé. Il convient ici de parler un peu de Raymond Brissaud. Cet homme avait toujours été le serviteur de la famille avant d'être celui d'Édouard. Il avait débuté comme collaborateur de mon oncle, Louis Empain. Ce dernier et mon père, à la mort du Général en 1929, s'étaient en effet réparti les zones de travail, tenant compte avec sagesse de leurs caractères extrêmement dissemblables. Leurs parts de responsabilité étaient identiques. Ainsi, mon père tenait-il par exemple les sociétés de travaux publics et les investissements en Afrique et mon oncle les matériels électriques de Jeumont. A la mort de mon père, ayant échoué dans sa tentative de prendre la tête du Groupe, mon oncle Louis avait vendu tous ses titres. Brissaud s'étant retrouvé sans « patron », Édouard l'avait tout naturellement appelé à ses côtés.

En 1959, Raymond Brissaud se présentait comme un homme de belle prestance, à la cinquantaine mince et élégante, excellent causeur, possédant un grand contrôle de soi et que personne n'avait jamais vu céder à la colère. Gros travailleur, habile diplomate, il savait très bien manier Édouard et s'entendait parfaitement avec Biérry. Sortant d'une grande école, détenant la panoplie complète de l'homme d'affaires, il n'avait pas son pareil pour mener les réunions de conseils d'administration. Nos rapports étaient excellents. Après l'épisode des « accords de Neuilly », je ne lui en avais jamais voulu, pas plus qu'à Biérry, d'avoir été « complice » du système Édouard. Après tout, ils avaient peut-être raison : j'aurais fort bien pu être autre que celui que j'étais devenu. Phénomène assez classique, au demeurant : devant un enfant de quatorze ans, les gens ont du mal à s'imaginer qu'un jour il leur parlera d'égal à égal. Certes, Biérry ou Brissaud n'auraient rien fait pour m'informer ou m'avertir de ma situation, si je n'avais moi-même mis chacun au pied du mur au moment précis où la banque Lambert mettait tout le monde en difficulté. Mais dès lors que la question avait été réglée dans le sens que je souhaitais, j'avais tourné la page sans amertume : comme je l'ai dit plus haut, je ne suis pas d'un caractère rancunier.

Raymond Brissaud avait, d'ailleurs, durant toutes ces années, parfaitement joué le jeu avec une loyauté inattaquable et je puis dire que j'eus la chance de bénéficier du savoir et de l'expérience d'un professeur hors du commun. Il me rendit les affaires du groupe Empain si familières que j'avais l'impression d'y être né. C'est à cette époque, en fait, que s'accomplit la métamorphose aboutissant à me donner mes « mesures » définitives, celles qui sont toujours les miennes aujourd'hui. En huit ans, j'avais non seulement appris le métier, mais également déterminé de quelle façon je l'aurais personnellement exercé au sommet si j'en avais eu l'opportunité et le désir. Ce désir, comme je l'ai dit, ne m'habitait pas, tant ma situation était confortable. Ce fut l'opportunité qui frappa à ma porte.

Un jour de novembre 1967, j'accueillis dans mon bureau un Brissaud grave et préoccupé. Après avoir durant plusieurs minutes tenu des propos embarrassés, ce qui était inhabituel chez lui, il en vint au fait en me disant tout net que le sujet de ses préoccupations était Édouard. Ce dernier, selon lui, n'était plus apte à diriger le groupe, il prenait des décisions inconséquentes ou irresponsables, il ne savait plus ce qu'il faisait, il était dépassé par les événements. En gros, tout ce discours revenait quasiment et brutalement à dire que mon père adoptif était gâteux et sénile. « *Baron*, concluait Brissaud, *je suis chargé de vous dire de la part des sept ou huit personnes représentant la haute hiérarchie du groupe que vous devez nous sauver. Il faut absolument faire quelque chose.* » Ce « faire quelque chose » dans la bouche d'un Brissaud n'était guère difficile à interpréter. C'était une allusion directe à la mise en œuvre immédiate de la procédure des accords de Neuilly signés huit ans plus tôt. Autrement dit, Raymond Brissaud et la « haute hiérarchie » me demandaient de prendre officiellement le pouvoir. Je répondis que je ne voulais rien faire du tout, qu'il n'était ni dans mon intérêt ni dans mes intentions d'agir en ce sens. Mais Brissaud insista et reprit son argumentation : Édouard faisait peur à tout le monde, non pas Édouard en tant que tel, certes, mais la politique qu'il menait. « *Prenez le pouvoir, ou bien nous allons tous nous casser la figure* », tel était le message central que Brissaud répétait obstinément. Cette conversation peu banale s'acheva sur une promesse de ma part : celle de donner une réponse définitive le 4 janvier à venir. Mais pas avant. Et ce pour deux raisons : d'abord, il me fallait, comme on peut le penser, longuement réfléchir à cette « ferme » invitation, ensuite j'allais, dans un mois, me rendre, comme chaque année, aux sports d'hiver, du 22 décembre au 4 janvier. Période sacrée pour moi depuis toujours et aujourd'hui encore.

J'ai dit déjà qu'un des traits de mon caractère, aussi bizarre ou étonnant que cela puisse paraître, était l'attachement à des habitudes régulières et à la préservation de ma vie privée par rapport à ma vie professionnelle. Il n'était pas question pour moi d'entamer éventuellement une grande bataille avant les sports d'hiver sous peine de gâcher à coup sûr mes vacances. Aujourd'hui, à quarante-huit ans, j'agirais exactement comme je le fis à trente.

Je me rendis donc ainsi que prévu un mois plus tard à Megève. Je descendis comme d'habitude dans un petit hôtel où je retrouvais mes copains. Qu'on ne s'y trompe pas, les « copains » en question n'étaient ni les grandes fortunes, ni les têtes couronnées d'Europe qu'on avait coutume de rencontrer à Megève et que chassaient des meutes de paparazzi. C'était le patron de l'hôtel, le concierge de nuit, le conducteur de traîneau, bref, ceux qui n'éprouvaient pas le besoin d'aller « là où il faut être », puisqu'ils y étaient toute l'année. Personnellement, je me suis toujours ennuyé dans la mondanité. C'est pourtant dans le temple de la mondanité en altitude que j'eus tout au long d'une nuit une conversation décisive pour moi. Le temple en question était l'hôtel du Mont d'Arbois, un palace où étaient rassemblés les rejetons célèbres des familles régnantes ou exilées, de la finance ou du « septième art », comme disaient à l'époque les échos mondano-potiniers publiés dans les magazines spécialisés. C'était un lieu assez vaste et bien disposé pour que l'on pût y avoir une conversation tranquille, sans crainte d'être entendu par les voisins.

En quittant Paris pour Megève, j'avais une petit idée derière la tête et je savais qui j'allais retrouver là, au

Mont d'Arbois, devant une bouteille de whisky, pour une conversation de nuit après un bon dîner. Il s'agissait de mon ami Michel Bolloré, un homme d'affaires propriétaire de plusieurs papeteries, que je connaissais depuis longtemps, âgé d'une quinzaine d'années de plus que moi et en la sagesse et l'amitié duquel j'avais toute confiance. Il sursauta quand je lui fis part de mon intention de prendre en main les destinées du groupe Empain : « *Tu es complètement fou*, me dit-il, *Édouard, que je connais bien, t'aura comme il voudra, ne fais pas ça.* » Je lui répondis que j'allais pourtant « le » faire. Et lui de me conjurer de nouveau de n'en rien faire : jamais je n'y arriverais, Édouard avait plus d'un tour sans son sac, il avait déjà éliminé tous ceux de sa famille qui s'étaient approchés de trop près de son pouvoir, etc. La discussion tourna longtemps autour du thème unique : « je vais le faire – tu n'y arriveras pas ». Pour étayer sa conviction, Michel Bolloré disposait de sa connaissance personnelle d'Édouard dont il avait été l'ami avant de devenir aussi le mien. Selon lui, je n'avais pas les moyens de mettre en œuvre ma décision : « *C'est vrai*, disait-il, *Édouard est en bout de course et il faut qu'il parte, mais en fin de compte c'est toi qui te feras jeter.* » Vers quatre heures du matin, pourtant, devant mon obstination, Bolloré finit par me dire : « *Bon, d'accord, c'est une connerie, mais si tu décides de la faire, je te soutiens à 100 %.* » L'ami avait parlé. Un ami que j'avais un peu trompé en lui cachant l'existence d'une carte maîtresse que je détenais. Il ignorait en effet un détail : les accords de Neuilly. Ce n'était pas par vice que je le lui avais caché, mais par nécessité. En effet, la question pour moi n'était pas de savoir si j'avais ou non les moyens d'entreprendre une telle aventure. Ces moyens, je savais que je les avais, comme Brissaud lui-même le savait. Ce que je voulais c'était savoir si l'opportunité de les utiliser existait bien réellement, autrement dit si, comme l'affirmait Brissaud, Édouard devait laisser la place et si j'étais apte – non pas à la prendre – mais à la tenir. Or, Bolloré avait répondu aux deux véritables questions que je me posais : il avait répondu oui à la nécessité d'écarter Édouard, oui à ma capacité, « dans l'absolu », à gouverner à sa place. Il avait seulement répondu non à ma possibilité d'y parvenir, ne sachant pas que j'avais dans ma manche le joker des accords de Neuilly. A l'issue de cette nuit à Megève, précédant celle de mon retour à Paris, ma décision était prise et bien prise : je répondrais moi-même oui à Raymond Brissaud.

Vingt-quatre heures plus tard, dans le wagon-lit me ramenant vers la capitale, je savais que j'allais prendre le pouvoir qui me revenait. J'avais trente ans, j'ai dormi comme une souche.

CHAPITRE IV

Ce lundi d'un matin de janvier où je pose le pied sur un quai de la gare de Lyon marque la fin d'une époque de ma vie, inaugurée le jour de ma naissance. D'une certaine manière, cette époque représente mon passé. J'ai également la conviction que c'est sur ce quai de la gare de Lyon qu'a commencé mon présent.

Aussitôt arrivé au siège de la rue de Lisbonne, je suis allé trouver Édouard pour lui faire part de mon intention de mettre à exécution les termes de l'accord de Neuilly. Il ne s'y est pas, comme on l'imagine, plié de gaieté de cœur. Mais il a respecté loyalement sa parole : le vendredi, j'étais le quatrième président du groupe Empain, inscrivant mes pas dans les traces de mon père et de mon grand-père.

Mon premier souci, accédant « aux affaires », était de trouver un bras droit dont je m'associerais la fidélité et les compétences. Brissaud, bien sûr, conservait d'importantes responsabilités au sein du groupe où Édouard, dont il avait été le bras droit, demeurait également. Mais il me fallait un homme à moi et de ma génération. Cet homme serait René Engen.

J'ai déjà évoqué ces réunions de Direction, pompeusement nommées réunions-Présidence et durant lequelles, trois fois par an, Édouard, flanqué de Brissaud et d'un financier de l'état-major, recevait tour à tour chaque responsable de filiale. C'est au cours d'une de ces réunions que j'ai vu pour la première fois René Engen. A l'époque, il était directeur-général des Verreries Verlica-Momignies, travaillant à ce titre sous l'autorité du président de cette société. Il venait d'être nommé à ce poste et l'on s'était très vite aperçu que cet ingénieur issu des ACEC (Ateliers de Construction Électrique de Charleroi), unité industrielle dont le groupe possédait 50 % du contrôle et qui, avec ses filiales, employait 18 000 personnes, n'était pas le premier venu. Ingénieur formé à l'université de Bruxelles, il avait fait des étincelles aux Verreries, qui se trouvaient dans une mauvaise passe quand il y était entré vers 1965. Il avait très vite soumis au holding un plan de redressement très bien construit, très crédible et on lui avait donné le feu vert pour le mettre en œuvre. En peu de temps, on avait pu constater que les Verreries étaient en plein redressement. C'était cet homme que j'avais connu : la quarantaine, donnant l'impression de ne parler que de ce qu'il connaissait, à la fois sûr de lui et très diplomate. Il avait notamment fait preuve d'autant d'élégance que d'habileté en ne faisant pas un instant allusion au fait que les Verreries avaient été avant tout victimes d'erreurs de gestion.

Au cours des deux ou trois occasions que j'avais eues de le voir avant 1967, j'avais été impressionné, chez Engen, par des qualités qui sautaient aux yeux. C'était le genre d'homme à établir la prévision d'une situation à six mois, un an, cinq ans, cette prévision étant toujours vérifiée par les faits : à mesure qu'elle se réalisait, on constatait qu'on était à chaque fois sur la courbe, que ce soit en termes de commandes, de frais, de trésorerie, etc.

C'est d'ailleurs à propos des Verreries qu'Engen avait fait les premières preuves de ses talents prévisionnels. A l'époque où mon beau-père, tout content de voir cette affaire bien redressée grâce à un premier plan prévisionnel réussi, se disposait à la vendre, Engen avait produit un second plan prévisionnel extrêmement prometteur à Édouard en lui disant : « *Voici comment cette société sera dans deux ans : cela vaut-il le coup de la vendre?* » On ne l'a pas vendue, et deux ans plus tard, on s'en félicita. Décidément, René Engen était un homme précieux dans un groupe industriel et financier.

En 1967, donc, ma première décision, en arrivant aux affaires, est de ne pas recourir au système des dépouilles et de garder au contraire auprès de moi les collaborateurs directs de mon beau-père. Mais je m'aperçois très vite du grand écart de génération entre eux et moi, qui s'accroît d'ailleurs avec les nouvelles responsabilités que j'occupe. Tous ces hommes ont été plus ou moins modelés à l'image d'Édouard, ils sont plus proches de lui par l'âge – entre cinquante-cinq et soixante-cinq ans en moyenne –, par les méthodes et les modes de pensée, que de moi, qui suis en outre d'une philosophie différente en matière d'affaires. Il me faut donc les relayer par une équipe à moi. Je ne mentirai pas en écrivant que ce fut presque une surprise que de me trouver confronté à un tel cas de figure.

Au départ, en effet, aussi étonnant que cela puisse paraître aujourd'hui, je n'ai pas eu d'*a priori*. Après tout, me disais-je, je m'entends bien avec ces gens, ils m'ont tous connu enfant... C'était sans doute là, précisément, que le bât blessait. Les premières phrases que m'avaient adressées les hommes du haut entourage de mon beau-père étaient du genre : « *Alors, comment ça va, l'école?* » J'avais quatorze ans... En 1967, bien que travaillant en harmonie avec eux depuis une dizaine d'années, ils me voient toujours, d'une façon ou d'une autre, comme l'enfant qu'ils ont connu. Et c'est quand j'occupe le poste suprême que, par une étrange mécanique des âmes, ce phénomène est le plus aigu.

Voilà pourquoi il me faut affirmer mon autorité en m'associant des gens neufs comme Engen. Je les cherche et je les trouve à l'intérieur du groupe, car je n'ai jamais aimé faire appel à des chasseurs de têtes. Au bout d'un certain temps, je possède à fond l'organigramme du groupe où se déploient les structures des vingt-cinq sociétés de la famille. J'ai vingt-neuf ans et, quand on a vingt-neuf ans, on est particulièrement sensible à la qualité du travail accompli par un René Engen à la Verrerie. Je le convoque bientôt à mon bureau de l'avenue de l'Astronomie à Bruxelles où j'évoque l'éventualité de sa nomination aux côtés de Brissaud pour une période de formation et de mise en condition. Je m'attendais à ce qu'il se lève et m'embrasse sur les deux joues. Eh bien, pas du tout : « *Il faut que je réfléchisse* », répond-il laconiquement. Assez étonné, il faut bien le dire, je lui redonne un rendez-vous dans les deux semaines. Cette fois-là, il est plus loquace : « *Ce que vous m'avez demandé est très difficile : c'est pour moi un choix cornélien. Mais vous m'êtes très sympathique et je vais accepter cette proposition. J'espère, baron, que vous êtes conscient du risque que je prends...* »

Et c'est ainsi que René Engen est devenu directeur-général-adjoint du groupe. Il me donne à voir tout de suite la façon dont il « fonctionne ». C'est un homme de première ligne, manifestant un profond dégoût pour le QG de la direction dont il considère que personne n'y connaît rien à rien. Au bout de quelque temps, il a découvert qu'il s'agissait au contraire d'un très gros travail. Engen est un réaliste, donc il s'adapte et ne reste jamais prisonnier d'un *a priori*. Brissaud, quant à lui, avait d'abord considéré ma décision de nommer Engen comme un caprice de jeune homme et avait tendance à sous-estimer ce dernier. Très rapidement, cependant, il devait découvrir que le nouveau venu n'était pas un enfant de chœur. Par une inévitable évolution des choses, la relation entre les deux hommes a pris le ton d'un conflit de hiérarchie, Brissaud se figeant jusqu'à n'être plus, bien malgré lui, qu'une réminiscence de l'ancienne présidence, Engen s'imposant ouvertement comme l'homme du nouveau président. Brissaud est à Paris et ne se rend que deux fois par semaine en Belgique, alors qu'Engen est toute la semaine avenue de l'Astronomie à Bruxelles. De huit jours en huit jours, Brissaud constate que la situation lui échappe de plus en plus. J'en ai conscience et cela me plaît. Engen accomplit un excellent travail de dépoussiérage. Il régénère tout. Il a commencé à programmer des mises à la retraite et à mettre en œuvre des promotions internes favorables à des personnalités avec lesquelles il s'entend bien et ne partageant pas, si possible, les vues d'Édouard et de Brissaud sur la marche de l'entreprise. Ce dernier finit par me proposer de se dégager de Bruxelles et de ne garder que Paris. Proposition acceptée. Quant aux gens de Bruxelles, ils sont satisfaits d'avoir, comme interlocuteur sur place, l'homme belge, qui détient la décision. Il a toujours existé en effet, à l'intérieur du groupe, une sorte de rivalité naturelle entre Bruxelles, ville de fondation, et Paris, ville de conquête.

D'ailleurs, cette répartition géographique des territoires et des ambitions entre Paris et Bruxelles, c'est-à-dire entre Brissaud et Engen, pouvait constituer une sorte de garantie à la « paix des ménages » au sein du groupe et je m'en accommoderais personnellement fort bien. A l'époque de l'entrée d'Engen, c'est-à-dire en 1968, le sujet essentiel de mes préoccupations est le gigantesque combat dans lequel nous sommes engagés pour la prise de contrôle du géant Schneider. Un combat qui a duré près de quatre années et que je relaterai bientôt. Je ne pense pas alors que mon nouveau collaborateur puisse dominer une situation française très particulière dans des entreprises marquées par « l'émulation » entre les différents corps d'ingénieurs. Il faut en connaître, en effet, les arcanes si l'on veut pouvoir y évoluer. Mais je constate également mois après mois que Raymond Brissaud a du mal à se convaincre de nos chances de réussite dans l'opération Schneider, lesquelles, il faut l'admettre, sont encore très aléatoires. Pour le faire, il faut vraiment y croire. Or, maintenant, malgré toute sa loyauté et sa bonne volonté, Brissaud n'y croit plus : il accomplit bien toutes les démarches nécessaires, mais le cœur n'y est plus. A l'issue d'une des phases de la grande bataille, il est bien parvenu à occuper un petit bureau au siège de Schneider, rue d'Anjou, mais dans de telles circonstances et en un tel lieu! Tout est symbolique et le bureau en question n'est pas au premier étage, mais au rez-de-chaussée, non loin de la réception. En argot de métier, nous occupons un strapontin et notre coefficient de pénétration au sein du groupe est plus que modeste.

A Bruxelles, je fais longuement part de cette situation à Engen. Un jour, il me dit : « *Baron, ces petits Français, pourquoi ne me les confiez-vous pas? Je n'en ferai qu'une bouchée. Quels que soient les obstacles et les bons arguments, Raymond Brissaud n'a pas les muscles pour nous installer rue d'Anjou comme chez nous.* » Au bout du compte, je ne vois guère alors d'autre solution que de tenter une opération Engen à Paris. Ce dernier accepte, bien entendu. Et comme, très logiquement, il tient au titre de sa fonction, il demande à être nommé à Paris en tant que co-directeur général. Ce que j'accepte.

L'homme que les équipes parisiennes voient alors débarquer fait dix ans de moins que son âge. Mince, brun, très attentif à sa santé, ne buvant que de l'eau, ne fumant pas, se soumettant à une discipline rigoureuse par professionnalisme, il incarne un certain type, nouveau à l'époque, de *manager*. Passionnant quand il parle d'affaires, effacé sur les autres sujets. Tous les événements extérieurs aux affaires le laissent indifférent. Il montre une phénoménale capacité de travail et déteste les vacances qu'il considère comme une punition. A Paris, il habite à l'hôtel Intercontinental non loin de son bureau où il se rend à pied et auquel il accède toujours par l'escalier, méprisant l'usage de l'ascenseur. Il s'agit là, évidemment, d'un homme difficile à prendre en défaut : jamais un moment de faiblesse, d'assoupissement ou de distraction ne vient trahir l'impression de puissante régularité qu'il donne à tout instant de lui-même.

Si l'ensemble de ces qualités ressortit au demeurant à la panoplie classique du grand commis d'entreprise, René Engen est un homme très moderne quant aux méthodes de gestion. Il est passé par Harvard (comme Didier Pineau-Valencienne que je croiserai plus tard sur ma route) et c'est un enthousiaste des méthodes américaines de management. A la fin des années 70, époque où JJSS publie *le Défi américain,* lesdites méthodes étaient considérées comme une panacée par toute une génération de jeunes responsables d'entreprise à laquelle appartenait Engen. Très peu de temps après son arrivée, il a commencé à soumettre les gens à des séances de *check-up* et il s'est imposé comme un as de l'étude prévisionnelle. Toutes sortes de mœurs professionnelles auxquelles les sociétés françaises de ce temps n'ont ni la pensée, ni le goût de se soumettre. Pourtant, Engen ne se laissera pas intimider ni décourager par ces résistances : il est une mécanique trop bien rodée pour renâcler devant l'obstacle. A partir de sa nomination impliquant sa résidence permanente à Paris, il quitte chaque jeudi soir l'Intercontinental et prend le train de 18 heures pour Bruxelles. Chaque dimanche soir, il revient à Paris par le train de 18 heures. Chaque lundi matin, je le vois arriver, toujours très classiquement habillé dans ses costumes Lanvin sur mesure. Durant plus de dix ans, jusqu'à son départ du groupe, il ne changera pas une fois ses habitudes.

Dans le rapport professionnel, je puis dire qu'il est parfaitement odieux et que c'est pour cela qu'il m'est précieux. Il ne me fait aucun cadeau. Imaginez qu'Engen est votre second et que vous êtes tenaillé par un problème pénible dont vous espérez retarder la solution. A 17 h 45, tel jour, vous voyez Engen arriver un dossier sous le bras :

– *Dites, baron, au sujet de cette affaire...*

– *Oh, écoutez, Engen, ça m'ennuie énormément, voyons cela plus tard.*

Le lendemain, il revient à l'attaque à 10 heures précises. Vous repoussez l'assaut. A 15 heures, il effectue de nouveau un bombardement en piqué. A 18 heures, vous baissez les armes et vous signez. Durant toutes ces années, Engen sera l'homme par lequel on ne peut pas ne pas prendre de décision tant il s'accroche. Là où il m'apparaissait comme le plus terrifiant, c'est lorsqu'il fallait écarter par une promotion les gens incompétents. Lui, pour sa part, aurait « viré ». Moi pas. Ces « promotions », seule concession qu'il m'accordait, il les appelait cruellement « votre infirmerie », démarche que j'aurai toujours tendance à repousser tandis qu'Engen, inlassablement, me poursuivra jour après jour sans jamais rien oublier. Et il est avec moi comme il est avec tout le monde.

En matière de politique d'entreprise, une fois la décision prise, il se charge personnellement de son application. C'est ce qu'il appelle sa « méthode de contrôle de l'application de la décision », le *follow up*, comme on dit à Harvard. Ce follow up peut accompagner quatre ou cinq échelons hiérarchiques : Engen y veille de très près. D'ailleurs, il ne supporterait pas l'idée que je puisse lui demander s'il a effectué telle ou telle démarche. Un homme agaçant, évidemment. Et il agace beaucoup. Mais ce serait la dernière chose à lui reprocher. Son métier est d'être impitoyable.

Un jour, un directeur de filiale lui présente un

rapport de société en concluant : « *Il y a trois solutions possibles que je soumets à votre choix.* » « *Pas question,* répond Engen, *c'est à vous de choisir. Vous avez étudié votre dossier, vous prendrez vos responsabilités.* » Ce qui est d'ailleurs logique dans un groupe de 150 sociétés : le staff de la rue d'Anjou (quand nous aurons « enlevé » Schneider) ne peut faire les choix tactiques, il est indispensable à tous égards de responsabiliser les dirigeants de sociétés.

Voilà l'homme avec lequel je vais livrer la grande bataille qui m'attend à ma venue aux affaires, la conquête de l'empire Schneider.

En fait, cette bataille s'est engagée quelques années auparavant, en 1966, sous la présidence d'Édouard. J'en ai été dès le début le témoin et l'un des acteurs. Tout avait commencé le jour où Michel Bolloré avait appris « à l'extérieur » qu'un paquet de 7 % des actions Schneider était à vendre. Ces actions étaient détenues par la duchesse de Brissac, sœur de Charles Schneider, le dernier des maîtres de forges de la dynastie, disparu au début de la décennie. A la tête du groupe se trouvaient alors Mme Schneider, veuve de Charles Schneider, et M. de Boissieu, tous deux cogérants à vie. Les rapports familiaux entre les Brissac et Mme Charles Schneider sont alors, pour des raisons que j'ignore, assez tendus, ce qui explique peut-être que les Brissac cherchent un acquéreur pour leurs titres. Aussitôt informé, Michel Bolloré a tenté de joindre Édouard qui, ce jour-là, est à Bruxelles. C'est donc à moi qu'il fait part en premier de la nouvelle.

Lors de cette conversation avec Bolloré, je n'ai pas encore une idée précise, dans un sens ou dans un autre, de ce qu'est la société Schneider, de ce qu'elle pèse industriellement et financièrement et encore moins de ce qu'elle représente dans l'esprit des pouvoirs publics français depuis plus d'un siècle. De Schneider, je sais seulement que ce groupe détient une filiale, Schneider Westinghouse (SW), spécialisée dans l'électricité et directement concurrente de la société Jeumont qui dépend du groupe Empain. Nous avons d'ailleurs, pour résoudre ce problème de concurrence, amorcé avec Schneider une négociation en vue de nous porter acquéreurs de SW qui nous gêne moins par ses performances commerciales (nous savons en effet que cette société connaît des difficultés) que par la part du marché qu'elle continue malgré tout à attirer à elle. Côté Empain, la négociation est menée par Raymond Brissaud et son collaborateur Pons, côté Schneider par un certain M. Avril. L'objectif est d'associer les deux affaires sous l'égide de Jeumont.

A part cela, je sais, ce qui n'est pas négligeable, que Schneider, de par sa constitution, est de toute façon appelé à chasser sur les mêmes territoires que nous : le Creusot, un gros département bancaire, des chantiers navals, des travaux publics... les points de « rencontre » ne manquaient pas. Mais de toutes les sociétés de notre grand vis-à-vis, j'ignore l'essentiel, c'est-à-dire le bilan, c'est-à-dire encore l'état de santé. Aussi, quand Bolloré me parle de 7 % d'actions Schneider à vendre, je trouve cela intéressant, ni plus, ni moins. Le lendemain, nous trouvons Édouard de retour de Bruxelles, à son hôtel particulier de Neuilly, toujours accompagné de Brissaud. Nous évoquons en commun la nouvelle opportunité et tout le monde, dans le bureau d'Édouard, se montre en fin de compte très emballé par l'idée d'acquérir les 7 %.

Il est vrai qu'il ne s'agit pas de n'importe quels 7 %, mais de 7 % de Schneider qui auraient belle allure sur le blason industriel et financier de notre maison. Il est alors décidé que Bolloré sera notre intermédiaire avec le duc de Brissac. On parviendra très vite à un protocole d'accord portant sur la vente des titres, représentant une somme d'environ 55 milliards de centimes. Par coïncidence, c'est quelques jours seulement après la signature de cet accord de principe avec les Brissac qu'est organisé un déjeuner dans les jardins de l'hôtel d'Édouard afin de fêter l'association de Schneider et d'Empain dans le regroupement de SW et de Jeumont. A notre table, nous trouvons Mme Schneider, MM. de Boissieu et Avril. Nous sommes nous-mêmes à la fois très heureux et très gênés. Heureux de l'accord Jeumont-SW et gênés de déjeuner avec des gens ignorant que nous venons tout juste d'acquérir un bloc de 7 % d'actions de leur société. Ce qui nous met déjà un (petit) pied dans leur maison. En somme, Édouard, Brissaud, Bolloré et moi avions un peu l'impression de tromper nos vis-à-vis et nous nous étions demandés, dans les jours précédents, si nous devions ou non leur faire part de notre protocole d'accord avec le duc de Brissac. Nous n'en parlerons pas, et la conversation, très courtoise et très gaie, portera sur de tout autres sujets, aussi inoffensifs qu'amicaux. Pourtant, un observateur avisé voyant ce groupe d'hommes innocemment attablés dans le jardin d'un hôtel particulier de Neuilly aurait immédiatement compris qu'il y avait « autre chose » sous la table. Par la suite, nous serons d'ailleurs tout à fait libérés de nos scrupules en constatant que la SW est en bien plus mauvais état que nous ne l'imaginions et que lors de cette rencontre, nos interlocuteurs savaient que nous ne le savions pas, d'où leur exquise bonne humeur.

Ces 7 %, nous les avons donc acquis dans le secret. Un secret qui sera gardé assez longtemps et ce d'autant plus facilement qu'il s'agit de titres au porteur. Cette acquisition, outre son caractère prestigieux, constitue incontestablement une tête de pont pour qui aurait l'idée de pousser les choses plus avant. Et cette idée, tout naturellement, nous turlupine très vite. Mais nous ignorons complètement la part du capital de Schneider dont disposent les gens qui en ont le gouvernement. Plus tard, nous saurons qu'ils ont moins que nos estimations. Toujours est-il que dans notre naïveté des débuts, nous imaginons qu'il suffit d'avoir l'argent pour acheter d'autres titres de Schneider afin de pouvoir en prendre un jour le contrôle. Nous n'avons aucune conscience de la situation juridique où se trouve cette société et encore moins de l'intérêt jaloux que portent les pouvoirs publics français à tout ce qui y touche. Il est peut-être bon que je parle ici brièvement de la forteresse à laquelle nous nous attaquons.

Chaque Français a, en effet, entendu parler au moins une fois dans sa vie de l'extraordinaire histoire de la famille Schneider qui s'est taillé, au cours du XIXe siècle, au Creusot, un empire industriel de dimension internationale. Les fondateurs en furent Eugène et Adolphe. Fils d'un notaire, l'un commis chez un négociant, l'autre employé de banque, ils avaient très vite manifesté un grand sens des affaires et acquis en 1836 une usine et 280 hectares de terrain au Creusot. L'aîné étant responsable de la branche commerciale et le cadet de la branche technique, ils imprimèrent immédiatement leur marque : politique sociale de type paternaliste et politique industrielle à grande visée, intimement liées et extrêmement actives. En 1837, ils offrent à la ville une école et une église; en 1838, la première locomotive française, « Gironde », sort de l'usine où, en 1845, à la mort accidentelle d'Adolphe, 2 500 ouvriers sont déjà employés. En 1865, cent locomotives furent produites, confirmant la domination Schneider sur les fondeurs britanniques. L'empire Schneider lui-même était bel et bien établi.

Tous les maîtres de forges de la dynastie Schneider dominant ce « Royaume du Fer ou règne sa Majesté le Feu », comme l'écrivait Maupassant, représentaient une des premières puissances de France et d'Europe. Puissance politique (quatre Schneider furent députés, un autre ministre), et puissance politico-économique (aciéries, chantiers navals, fournitures militaires). Puissance sociale également : non seulement on élève au Creusot des statues des Schneider et l'on érige les bâtiments de leur politique sociale, mais ils s'unissent aux plus grands noms et aux plus vieux noms de France. En 1942, quand meurt Eugène II, le quatrième monarque de la lignée, l'empire Schneider, tant du fait de la guerre que de difficultés d'entente entre Eugène II et ses fils, a perdu de sa gloire et de sa splendeur passées. Il s'agit encore, pourtant, d'une immense « Chose » tant par le passé que par les promesses de puissance restaurée : « *je suis décidé à en faire une usine plus belle et plus forte qu'elle n'a jamais été* », déclare Charles, le successeur d'Eugène II, qui sera le dernier maître des forges en titre de la maison et qui s'éteindra en 1960. Et en fait, toute son action et tous ses efforts ont tendu à rétablir l'ancienne puissance des Schneider : sous son régne on verra la réalisation de Donzère-

Mondragon, la fabrication de la célèbre locomotive électrique BB 9004, et même la fondation de l'hebdomadaire *l'Express*. Schneider représentait une telle importance dans le pays que le général de Gaulle, reçu en 1959 en visite officielle au Creusot par Charles, l'avait défini comme « *un pilote de l'activité nationale française* ». Et c'est sur les plans de vol de ce pilote que les avant-gardes du groupe Empain, en 1966, s'aventuraient presque innocemment...

Il y avait alors six ans que Charles Schneider avait disparu. Lui avait succédé un directoire composé de deux membres nommés à vie : Marie-Charles Schneider, sa veuve, et M. de Boissieu, placé là, nous en reparlerons, par la volonté des pouvoirs publics. Chez Empain, nous ignorions tout de cette structure exécutive.

Pour nous, décidés à pousser plus avant notre emprise sur Schneider, acheter en masse et discrètement par l'intermédiaire de cinq « mains » différentes des titres en Bourse nous semblait un moyen largement suffisant à la réalisation de nos objectifs. Durant les années 66 et 67, nous achetons donc gaillardement et résolument tous les titres Schneider qui sont à céder. De façon très secrète, cependant. Au sein du groupe, seuls les présidents de chaque société, auprès desquels nous collectons les fonds nécessaires à l'opération, sont au courant de ce qui se trame. Nous parvenons ainsi, peu à peu, à contrôler 23 % du capital de Schneider. Nous commençons, par des indiscrétions calculées, à laisser filtrer l'information à partir du moment où nous avons réuni ces 23 % du capital. La presse en rend compte, discrètement d'abord, puis avec insistance. Aux journalistes qui viennent s'informer pour savoir si c'est bien nous qui sommes dans le coup, nous ne répondons ni oui ni non, en tout cas nous ne disons jamais que nous sommes étrangers à l'affaire. Je dois avouer qu'alors nous pensions avoir quasiment gagné la partie. Nous nous voyions déjà déménager de la rue de Lisbonne, siège du groupe Empain, pour nous installer rue d'Anjou, siège du groupe Schneider. Nous nous étions presque distribué les bureaux. Pour nous, c'était logique : nous achetions des titres, nous étions actionnaire principal (ou allions le devenir), il était naturel de nous retrouver à la barre.

Nous reprendrons assez brutalement contact avec le sol. Un jour, Raymond Brissaud est convoqué par un haut fonctionnaire mandaté par l'Élysée, lequel lui intime quasi militairement l'ordre de cesser tout achat afin que lui, c'est-à-dire les pouvoirs publics, puisse réfléchir et aboutir à une solution qui, quoi qu'il arrive, ne pourrait en aucun cas permettre de laisser passer le flambeau de l'industrie française entre des mains belges.

Quand Brissaud nous rend compte de cette entrevue, nous sommes tous très étonnés. Nous revenons de loin. Le climat change d'ailleurs considérablement dans les semaines qui suivent. Les gens de Schneider, forts de l'appui des pouvoirs publics, nous font savoir que désormais ils ne se laisseront plus faire, que nous avons intérêt à nous persuader qu'il serait inutile d'aller plus loin : tout au plus, à titre de « compromis », nous laisseront-ils un petit « strapontin ». Et nous devrons nous en contenter. En résumé, le raid est raté. Raté, du moins aux yeux d'Édouard et de Brissaud. Édouard est d'un tempérament craintif et Brissaud est prisonnier d'une éducation et d'une formation l'incitant, même s'il est du secteur privé, au « respect du service de l'État » : d'eux-mêmes, ils sont neutralisés par ce retournement de situation. Michel Bolloré et moi, qui ne sommes ni de la même génération ni de la même culture, demeurons animés d'intentions infiniment plus combatives. De fait, nous nous refusons à renoncer, en arguant qu'on ne peut légalement nous interdire de poursuivre l'achat d'actions Schneider, à moins de modifier le traité de Rome et de changer le droit des Sociétés. L'argument n'est pas plus mauvais qu'un autre et nous en sommes fondamentalement convaincus. Le problème c'est qu'Édouard est le patron. Il a décidé de se contenter des 25 % et de se résoudre à trouver un *modus vivendi* entre Schneider, l'État et nous. Il faut ici préciser que même dans le cas où nous aurions continué à acheter des titres Schneider, nous nous serions retrouvés dans la position de quelqu'un qui possède un bateau, le charbon pour le faire marcher, la cargaison pour l'affrêter, mais pas la passerelle pour le diriger. Cette passerelle, en effet, était occupée par Mme Schneider et M. de Boissieu, ce que nous avions découvert un peu tard...

Dans ces conditions, Raymond Brissaud se met à la recherche d'une solution qui sauverait la face de toutes les parties renantes : Schneider, l'État, Empain. A l'intérieur d'Empain, Michel Bolloré, qui détient environ 3 % de titres Schneider sur les 23 qui sont nôtres, est tout aussi déçu que moi de devoir s'incliner devant une solution mi-figue, mi-raisin. Nous sommes d'autant plus amers que nous sommes persuadés que les Schneider montent en fait un coup de poker et n'ont pas d'atout en main. Moi, je veux voir leur jeu, d'autant que nous avons « misé », c'est-à-dire investi 15 milliards de centimes dans cette partie. Ce désir de reprendre la partie à notre avantage a été l'une des raisons majeures qui m'ont décidé à remplacer Édouard à la tête du groupe Empain.

Dès que je me serai assis à sa place, j'aurai pour préoccupation première de reprendre la partie engagée avec Schneider et l'État français. Pour cela, il me faut d'abord faire le tour des différentes donnes autour de la table.

J'ai compris, quant à moi, que la divergence de vues, entre Édouard et Raymond Brissaud d'une part, Michel Bolloré et moi d'autre part, reflète une différence de générations, une querelle d'anciens et de modernes. S'arranger pour mettre tout le monde d'accord, sauver toutes les faces à ménager et assurer les positions acquises est certes nécessaire, mais ce ne peut être une fin en soi : ce doit être seulement une étape. A partir du moment où nous nous sommes engagés aussi avant dans les territoires Schneider, où nous y avons investi argent et volonté, en rester là reviendrait à reculer. Pire qu'un ratage, un échec. Or, un ratage ça se répare. Sans doute avons-nous mal évalué la réalité des choses, sous-estimé les difficultés. Mais il faut poursuivre, sans aucun doute. D'autant, comme je l'ai dit, qu'il y a vraisemblablement une bonne part de bluff dans l'assurance de nos interlocuteurs. J'ai trente et un ans et je ne me sens pas désarmé. Le groupe Empain, que je dirige désormais, c'est d'abord Électrorail, dont la puissance financière est connue de tous les experts économiques et de tous les professionnels de l'industrie. Il faut ajouter Jeumont Constructions Électriques, SPIE-Batignoles (Société Parisienne pour l'Industrie Électrique), les Ateliers de Charleroi, Verlica Momignies (spécialisée dans les verres creux) et la Banque Parisienne, petite banque prospère dont le patron est Didier Pineau-Valencienne. En tout, le travail et l'efficacité de 20 000 personnes.

Face à nous, la puissance Schneider n'est pas négligeable et en bien des points concurrentielle à la nôtre. Avec, notamment : une grosse banque nettement plus puissante que notre Banque Parisienne, la Banque de l'Union Européenne, et une affaire de génie civil, la CITRA, directement concurrentielle de la SPIE. Nous sommes à l'époque où régne la conception des chaînes de production clé en main qui permet, d'amont en aval, de livrer un produit sans passer – ou presque – par la sous-traitance. Dans cette chaîne, Empain n'a pas de sidérurgie, ni de grosse mécanique, Schneider si... Le contrôle de Schneider nous permettrait d'effectuer un saut de l'ordre de un à quatre dans l'échelle des grands groupes internationaux. Voilà pourquoi je ne me résigne pas.

Il s'agit pour moi d'utiliser la phase d'accord amiable vers laquelle nous tendons pour en faire, non pas un système neutre, mais une base opérationnelle nous permettant de reprendre nos objectifs dans un contexte peut-être difficile et délicat, mais en connaissance de cause. Seuls face à Schneider, puissamment soutenu par les pouvoirs publics, nous ne faisons pas le poids. Il nous faut donc introduire un autre partenaire qui ne sera ni pour, ni contre l'un ou l'autre des deux partis. Un partenaire, donc, qui aura l'assentiment du parti Schneider. Pour nous, la formule à mettre au point dans cette négociation devra répondre à trois nécessités : d'abord sauver la face (donc la mise) de chacun; ensuite obtenir ce qu'un actionnaire prépondérant comme nous est en droit d'avoir; enfin, outre les pouvoirs publics, Empain et Schneider, trouver un quatrième partenaire ayant l'assentiment de tous et susceptible de nous permettre, à un moment ou à un autre, d'obtenir ou d'approcher la majorité.

Ce quatrième personnage, nous allons le trouver par la banque. A l'ouverture des hostilités entre Schneider et nous, en 1966, le patron de la Banque de l'Union Européenne, M. Terray, devenu légitimement l'adversaire acharné d'Empain et voulant se soustraire à notre action, avait tenté d'inventer un système qui faisait passer la BUE sous l'égide de la Banque de Suez. Celle-ci devenant ainsi un allié de poids de Schneider, nous n'avions plus financièrement l'avantage. Mais, hostilité pour hostilité, nos avocats avaient démontré devant les tribunaux que ce système ne faisait pas le poids légalement et « ceux d'en face » avaient dû faire marche arrière.

Puisque, aujourd'hui, il s'agit de faire la paix et de sceller cette paix par un accord, la première question posée est de savoir qui sera le garant financier de l'accord entre Schneider et son « ennemi intérieur » Empain (23 % des actions Schneider). Autrement dit, qui tiendra la banque? Je pense alors à une grande dame de l'époque, la Banque d'Indochine, en la personne de son président, le marquis de Flers. La proposition qui lui est faite a tout pour le séduire et M. de Flers, comme je le souhaite, y voit très vite une occasion de tirer les marrons du feu : il a de bons rapports avec les pouvoirs publics et il a toutes les chances pour que ces derniers donnent leur assentiment à un tel candidat. Il n'est pas davantage pestiféré auprès des Schneider, ce qui est essentiel, enfin, il a le sentiment – et l'on n'a rien fait pour l'en dissuader – qu'il ne fera qu'une bouchée d'Édouard, de Brissaud, puis de moi-même. Et, effectivement, la candidature du marquis de Flers est accueillie très favorablement par toutes les parties à la négociation.

Reste à concrétiser l'arrivée de ce quatrième partenaire, ce que nous faisons au moyen d'un système que le public assimile à des participations croisées où chaque contractant trouve son compte par des possessions de titres de ses co-contracteurs. Ainsi, la Banque d'Indochine prend-elle 7 % d'Électrorail (où je suis majoritaire absolu) et 7 % de Schneider (où je suis actionnaire principal avec 23 % des actions), tandis que Schneider, comme Empain, a 7 % sur la Banque d'Indochine. Si l'on y regarde de plus près, nous sortons largement majoritaires de ce premier round. Non seulement Schneider ne possède aucune action Électrorail, mais je peux considérer qu'étant possesseur de 23 % de Schneider, je suis également le principal actionnaire de la Banque d'Indochine. A la fois pour les 7 % que j'y possède directement et les 7 % que j'y possède indirectement, du fait de ma majorité de 23 % à Schneider. Le résultat le plus important à l'issue de cet accord est la modification du statut légal de Schneider qui, de société dirigée par deux gérants à vie, devient une société normale, à conseil d'administration normal, c'est-à-dire de droit commun des sociétés.

Normale, ou presque, car bien entendu, la main des pouvoirs publics a pesé lourdement lors de la composition du premier conseil d'administration de Schneider. Dans ce conseil d'administration, deux puissances campent – inégalement – face à face. Une position est occupée par Empain : ses effectifs sont les plus modestes. L'autre, la plus considérable, est tenue par « les »

Schneider. Côté Empain, nous sommes quatre : Édouard, Michel Bolloré, Raymond Brissaud et moi-même. Côté Schneider, l'homme fort est un nouveau : le président Gaspard, ainsi appelé non seulement parce qu'il est l'ancien président d'EDF, mais parce qu'il est également le PDG de la société Schneider dans sa nouvelle structure juridique. Poussé en avant par l'État, (nous sommes alors au début du septennat de Georges Pompidou), c'est lui qui a mis au point les structures faisant de Schneider une société anonyme. Dans la lutte opposant Schneider à son principal actionnaire Empain, l'État a été à la fois l'arbitre, le parrain, le protecteur et le sauveur de l'équipe Schneider. Sur cette position-là, toujours, on voit flotter les bannières de Mme Schneider, de M. de Boissieu, du général Buchalet, père de la bombe atomique française, de Jean Forgeot, directeur des chantiers navals de Schneider et jadis chef de cabinet du président Vincent Auriol, du baron Hottinger (prononcer : « Hottingre » comme Schneider se prononce « Schneidre »), ce baron-là étant un vieux fidèle de la famille Schneider, mais également un ami de Jean Terray et de M. de Boissieu. Car Jean Terray, qui s'est toujours manifesté comme l'adversaire le plus déclaré et le plus attentif des Empain, est, en effet, membre du conseil d'administration, tout en demeurant l'influent président de la Banque de l'Union Européenne. Enfin, établie sur un poste d'observation, la bannière neutre du marquis de Flers, gage de l'impartialité de la Banque d'Indochine et ciment de l'accord à l'origine de cette nouvelle donne.

Pour le plus novice des observateurs, il ne serait pas difficile, à ce moment-là, de faire le partage des forces : sept voix pour le clan Schneider dont celle, prépondérante au terme de la loi française, du président; quatre voix, pas une de plus, pas une de moins, pour le clan Empain : un gros strapontin; une voix « neutre », celle du marquis de Flers. Autrement dit, côté Empain, on campe à l'ombre du trône et c'est tout. C'est bien ce que je pense et déplore avec Bolloré et Engen : la montagne de notre bataille a accouché d'une souris de conseil d'administration. Mais la souris n'est pas désarmée, elle est même piégée : d'abord grâce au système de participations croisées dont j'ai parlé plus haut. Ensuite, grâce à la nature humaine et à la force des choses, qui fait toujours le tri entre les apparences et la réalité. Les apparences sont contre nous, et c'est un avantage. La réalité est invisible, et c'est une arme.

La grande armée qui nous fait face n'est pas, en effet, homogène. Les Empain, petits, ne font qu'un. Les Schneider, grands, ne font pas l'unanimité entre eux. Très vite, se distinguent clairement de leur bord un clan Schneider proprement dit et un clan de l'État. La face des choses, dont je parlais, c'est le poids du passé qui fait la circonstance. Contre Empain, il n'y a qu'une force unie. Dès qu'Empain a tourné le dos, il y en a deux. Et c'est là un phénomène irréparable, le mécanisme d'une machine naturelle qui ne peut, à terme, que jouer pour nous.

Pour bien comprendre ce qui se passe derrière l'unanimité de façade côté Schneider, il faut remonter quelques années en arrière à la mort de Charles Schneider. A sa disparition, celui-ci était encore le tout-puissant maître des forges, le dernier de la dynastie. Il avait épousé Mlle Liliane Volpert, une comédienne. Lui-même gérant du groupe, il avait, dans son testament, souhaité que sa femme lui succède seule comme gérante. Dès alors, les pouvoirs publics, toujours intéressés aux affaires Schneider, quelque peu réservés quant aux capacités de direction de Mme Schneider, quelque peu mysogines également, comme tout le milieu industriel et politique de l'époque, avaient, par toutes sortes de pressions, obtenu la nomination aux côtés de Mme Schneider d'un deuxième gérant à vie en la personne d'un inspecteur des Finances, M. de Boissieu.

De diverses sources, nous avions appris qu'aussitôt installés face à face, M. de Boissieu et Mme Schneider s'étaient regardés comme chien et chat, cette dernière considérant son nouveau co-gérant à vie comme un « ange gardien » envoyé par l'État pour la contrôler de près. Ce qui était d'autant plus facile que chaque gérant ayant simultanément et à égalité tous les pouvoirs, il en résulterait davantage un pouvoir de ne pas faire qu'un pouvoir de faire.

Donc le « clan Schneider » proprement dit, et un « clan de l'État ». Côté Schneider, Jean Forgeot et le général Buchalet. Côté État, MM. de Boissieu, Terray et, bien entendu, Gaspard. Le baron Hottinger et le marquis de Flers, quant à eux, demeurent toujours en lisière.

Sentant monter mois après mois l'hostilité entre les pouvoirs publics et leurs « représentants », mon jeu est d'enfoncer le coin en faisant en sorte que les premiers apparaissent encore plus odieux que les Empain. Tout cela dans l'idée de parvenir à monter une coalition qui redistribuera les cartes à notre avantage. Mon meilleur allié, dans cette entreprise qui a couru tout le long de 1969, est le président Gaspard qui, aussitôt installé dans son fauteuil tout neuf, ne veut plus connaître personne au conseil d'administration et gère l'affaire en prenant directement ses instructions au ministère. Je m'y attendais un peu et j'en attends beaucoup. Visiblement, Mme Schneider estime que dans cette nouvelle structure, elle n'a que le droit de se taire. Elle ne sait plus rien de ce qui se trame et c'est ainsi qu'elle assiste presque en spectatrice à la fusion que Roger Gaspard, seul avec les pouvoirs publics, opère entre la SFAC (Société Française des Ateliers du Creusot) et les Ateliers de la Loire. De cette fusion naît la fameuse Société Creusot-Loire, dépendant à 50 % de Schneider et à 50 % de la Marine, société holding dont dépendent les ateliers de la Loire. Un tel partage à 50/50 est la dernière chose à faire : il implique qu'il n'y aura jamais de majorité de décision. Cela revient à jouer (mal) au Monopoly dans son bureau, à imaginer des assemblages sur le papier, sans penser – ce qui est fondamental – que les sociétés sont dirigées par des hommes et qu'un leader de la Loire ou du Creusot n'acceptera pas sans broncher d'avoir pour patron un homme du Creusot ou de la Loire. Le président Gaspard n'a jamais réglé cette question, mais je suis convaincu qu'au fond cet aspect des choses ne l'intéressait pas.

Désormais, je ne suis plus le seul à être mécontent de la gestion de Gaspard : Mme Schneider en est au point de se demander si les Empain ne feraient pas mieux. Un an auparavant, je n'aurais pu rêver d'une telle disposition d'esprit. Je m'en assure au cours des visites que j'ai décidé de rendre à la veuve du dernier grand Schneider, dans son hôtel particulier de la rue Octave-Feuillet à Paris.

A trente ans, je suis d'un naturel sportif et joueur et n'ai de plaisir qu'à me retrouver en famille ou avec mes

« copains », ce qui, dans les années soixante, signifie les amis. En tout cas, je n'ai rien d'un habitué des salons. Je n'ai pas oublié la scène de ma rencontre avec Mme Schneider, dans cet hôtel aussi élégant que froid, riche de tableaux, de meubles d'époque et d'objets, si nombreux que j'ose à peine bouger. Mme Schneider était une vieille dame précieuse, plutôt plus grande que la moyenne, très élégante, sobrement maquillée, très sophistiquée dans son parler, abondant en formules recherchées émaillées d'une foule d'adjectifs. Il y avait en elle quelque chose d'un oiseau d'une espèce rare. Elle semblait surgie d'une autre culture, d'un autre temps.

Je lui rends alors visite une fois par mois, toujours accueilli à l'entrée par un butler en veste blanche et introduit dans un salon d'une trentaine de mètres de long sur environ sept de large, balisé d'un bout à l'autre par deux rangs de chaises inconfortables. Le coin préféré de Mme Schneider est situé à côté de la cheminée. Là, nous prenons le thé, selon les usages en vigueur. Un cérémonial qui constitue pour moi une épreuve. Je nous revois encore dans ce lieu solitaire, elle, la vieille dame aux intonations et aux gestes délicats, moi le jeune homme, embarrassé de moi-même et attentif, autrefois son « ennemi » et désormais, peu à peu, son allié : étrange rapprochement, étranges personnages.

L'héritière de la plus grande dynastie industrielle française du XIXᵉ siècle, née Liliane Volpert, était la petite fille de Jules Guesde, le théoricien du socialisme pur et dur au siècle dernier. Dans les années 20, une municipalité socialiste du Creusot avait débaptisé la rue des Écoles, qui passait devant les grilles du château des Schneider, pour la rebaptiser rue Jules-Guesde. Quelques années avant qu'un fils Schneider épouse la propre petite-fille du même Jules Guesde... Elle-même était très imprégnée de la philosophie paternaliste des Schneider. Elle s'estimait investie de la mission de garder le flambeau « schneidérien », c'est-à-dire d'assurer la pérennité de l'emploi de tous les gens travaillant pour Schneider, et ce, surtout, au Creusot, berceau de l'empire dont elle connaissait pratiquement chaque famille. A ses yeux, les employés n'étaient pas des ouvriers, ils faisaient partie intégrante de la famille Schneider. Je l'ai souvent entendue parler de tel ou tel fils de cadre ou de contremaître qu'il lui faudrait engager comme étant aussi le petit-fils ou l'arrière-petit-fils d'un employé de Schneider. Toutes les questions relatives à la vie des membres de l'entreprise lui tenaient énormément à cœur, et, à mesure que nous nous rapprochions l'un de l'autre et que je la sentais gagnée à l'idée d'une alliance, elle insistait, visiblement à mon intention, sur les questions relatives au maintien de l'emploi. En revanche, les trésoreries, les commandes, la comptabilité entraient moins dans ses sujets de préoccupation.

A chacune de nos rencontres, je lui donnais des apaisements sur ses inquiétudes sociales en l'assurant que j'étais moi-même le descendant d'une lignée d'industriels qui s'étaient toujours attachés à protéger leurs vieux serviteurs, du balayeur au directeur. A l'époque, elle avait encore une maison au Creusot où elle se rendait régulièrement et recevait aussi bien les ouvriers que les cadres. En fait, elle était une aristocrate des affaires : les ouvriers étaient « ses gens ». Elle avait donc très mal vécu le fait qu'on lui adjoigne un tuteur en la personne de M. de Boissieu, à la mort de son mari. Elle n'avait, certes, pas apprécié la tentative du groupe Empain, mais, à l'issue du premier round qui nous avait conduits à siéger dans un même conseil d'administration, elle appréciait encore moins le gouvernement du président Gaspard. D'une manière générale, se considérant comme dépossédée de tout pouvoir d'agir et de décider, estimant son patrimoine menacé dès lors qu'elle n'en était plus maîtresse, se voyant réduite, en réalité, au statut de simple actionnaire, elle n'était plus loin de penser que ses intérêts seraient en fin de compte mieux défendus par Empain que par d'autres. Dans le même temps, au fil de nos rencontres, s'était forgée une relation où elle voyait peut-être en moi un homme jeune ressemblant au fils qu'elle aurait pu avoir. Singulier retournement de situation.

Cette modification des rapports de force s'est opérée tout au long de l'année 1969. En 1970, le temps est venu de passer à l'action. C'est-à-dire, ni plus ni moins, à l'organisation d'un complot. J'en suis l'instigateur avec Michel Bolloré et Jean Forgeot, vieux fidèle de la famille Schneider et ancien secrétaire-général de l'Élysée sous Vincent Auriol, en est le complice. L'hostilité née de la gestion du président Gaspard, d'un côté, la nouvelle image des Empain due à mes visites assidues de l'autre, ont finalement porté leurs fruits : Jean Forgeot, qui voit tous les jours Mme Schneider, nous dit qu'elle ne décolère plus à propos de Roger Gaspard. La mise au point du complot a lieu dans l'appartement de Michel Bolloré, au cours d'une rencontre avec Jean Forgeot. Nous décidons de procéder à la « défenestration arithmétique » du président du conseil d'administration de Schneider en ajoutant aux quatre voix Empain trois nouvelles voix : celle de Jean Forgeot et celle de Mme Schneider elle-même, que ce dernier aura pour mission de mettre dans nos desseins, tout d'abord. L'avis de Mme Schneider entraînera ensuite celui du général Buchalet qui lui a toujours été entièrement fidèle et dévoué. Nous ne bougerons ni du côté du marquis de Flers ni de celui du baron Hottinger, ne sachant à coup sûr de quel côté ils pencheraient et encore moins du côté de MM. Terray et de Boissieu, nos adversaires déclarés.

Deux jours plus tard, Jean Forgeot vient m'annoncer qu'il a le feu vert de Mme Schneider : s'il y a un vote en conseil d'administration contre M. Roger Gaspard, elle et ses amis voteront dans le même sens. Il reste dès lors à mettre au point les modalités pratiques de l'opération. Tout d'abord, elle aura lieu un lundi, les conseils d'administration Schneider ayant traditionnellement lieu le premier lundi de chaque mois. Mais il s'agit en outre d'assurer toute la protection légale souhaitable pour un projet qui ne manquera pas de se trouver très vite confronté au refus de l'équipe dirigeante évincée et de son puissant protecteur, les pouvoirs publics. Les « sept conspirateurs » – terme s'appliquant d'ailleurs si peu et si mal à la personnalité de Mme Schneider – ont donc décidé d'une réunion de travail avec des avocats de très haut niveau.

« *Puisqu'il s'agit de préparer un vote, ne serait-il pas amusant de nous réunir chez Drouant?* » a proposé quelqu'un. C'est ainsi que, le lundi du conseil d'administration, nous nous retrouvons chez Drouant au cours d'un déjeuner peu banal auquel participent nos conseils juridiques, Mes Badinter, Floriot, Michard-Pélissier et le bâtonnier Bondoux. Par eux, tout sera fait pour que le résultat du vote que nous allons provoquer soit légalement inattaquable. Il ne nous reste plus qu'à nous lever de table et à nous rendre rue d'Anjou. C'est Michel Bolloré qui sera chargé de lire la motion de rejet à l'encontre de M. Gaspard, c'est-à-dire le texte soumis au vote.

Le conseil d'administration, réuni au grand complet dans la vaste salle du premier étage de la rue d'Anjou, vibre d'une tension que l'on peut physiquement éprouver. Mais, à notre surprise à tous (je veux parler des conjurés), c'est Roger Gaspard qui crée l'événement, avant même que Michel Bolloré ait demandé la parole. Il dépose en effet solennellement sur la table une lettre de M. François-Xavier Ortoli, ministre de l'Industrie, et nous en donne lecture : en gros, cette lettre, adressée au conseil d'administration via M. Gaspard, estime totalement inconcevable que l'on puisse déposer ce dernier et nous prie instamment de renoncer à cet inacceptable projet.

La tension monte immédiatement d'un cran et Michel Bolloré, alors que Roger Gaspard, dans sa lancée, avait commencé de lire l'ordre du jour, lève la main et interrompt poliment le président pour lui déclarer qu'il est mandaté pour mettre aux voix son congédiement. Aussitôt, un brouhaha parcourt toute la table tandis que Roger Gaspard, qui s'attendait si bien à quelque chose de notre part qu'il avait obtenu une lettre « magique » du ministre, fait mine de n'avoir rien entendu et poursuit la lecture à haute voix de l'ordre du jour. Rentrant dans son jeu, Bolloré se met alors en devoir de donner lecture de sa motion, ce qui fait que, dans cette vénérable salle, nous avons droit à deux lectures simultanées d'intonations diverses et de plus en plus vives.

– *C'est une plaisanterie,* s'écrie le président, *ça ne rime à rien, on ne joue pas au Monopoly, c'est ridicule.*

Impassible, Michel Bolloré poursuit sa lecture. Dans l'assistance, certains font mine de remplir leur stylo, d'ouvrir leur courrier, de vaquer à leurs affaires courantes. Bolloré continue.

– *Écoutez,* reprend M. Gaspard, *j'ai été nommé par M. Ortoli. Seul M. Ortoli peut me démissionner. Vous pouvez mettre aux voix tout ce que vous voudrez, moi je resterai président de Schneider.*

– *Je vous remercie, M. le président,* dit Bolloré, *je vais donc mettre aux voix ma proposition. Que ceux qui sont pour veuillent bien lever la main.* Les quatre Empain, les trois Schneider, et, à la surprise générale, le marquis de Flers lèvent la main. Le baron Hottinger s'abstient, MM. Terray, Gaspard et de Boissieu sont contre.

– *Je considère donc que M. Gaspard n'est plus président du groupe Schneider,* poursuit Bolloré.

– *On verra, on verra,* rétorque M. Gaspard, *moi je considère que je suis toujours président.*

Bolloré, lui, court toujours, droit devant lui :

– *Il me paraîtrait tout de même convenable de demander à Mme Schneider de prendre la parole et de proposer au conseil un remplaçant à M. Gaspard qui vient d'être démis de ses fonctions.*

– *Mais vous continuez vos pitreries!*

Dans l'indignation bien compéhensible qui l'a saisi tout entier, M. Gaspard a oublié que le mot pitrerie collait mal avec la personnalité de Mme Schneider (elle avait alors soixante-cinq ans) et c'est dans un silence respectueux que celle-ci commence à parler. Elle évoque d'abord la mémoire de son mari, Charles Schneider, évoque ensuite les figures de quelques-uns des hommes qu'il avait lui-même choisis pour accomplir sa tâche et propose enfin de nommer comme nouveau président celui qui avait été l'un des plus proches collaborateurs du disparu : Jean Forgeot.

Nous remettons alors aux voix la proposition Forgeot, pour laquelle votent les Empain et les Schneider. Le marquis de Flers s'abstient : « *Je dois m'abstenir,* explique-t-il, *car avant de nommer un nouveau président, j'estime que nous devrions quérir l'agrément des pouvoirs publics.* » Le baron Hottinger s'abstient, MM. Terray, Gaspard et de Boissieu, votent contre.

Dans un coin de la salle du conseil se trouve une secrétaire, mais le climat de confiance réciproque est tel qu'il est demandé à un huissier (convoqué par nous autres, conjurés) de rédiger un procès-verbal, lequel sera signé de tous les opposants, y manifestant noir sur blanc leur désaccord avec les procédures suivies. C'est ainsi que Jean Forgeot est devenu président de Schneider. Les séances de conseil d'administration sont très rarement aussi animées.

Il a fallu un certain temps à Roger Gaspard pour se convaincre qu'il n'était plus président de Schneider. Dans les jours suivant ce conseil extraordinaire, il vient dans son bureau et s'y enferme à double tour. C'est là qu'il prépare son ultime riposte : il attaque en référé la décision du conseil d'administration. Il a toujours brandi la lettre de M. Ortoli comme une blanc-seing, comme une sorte de coupe-fil magique, ce qui en dit long sur l'état d'esprit de certains grands capitaines des entreprises publiques : d'une certaine manière, ils ne s'estimaient pas soumis au droit commun. Pourtant, le coupe-fil magique de M. Ortoli ne pourra rien contre le droit des sociétés. Quand je vois la thèse de Gaspard, c'est-à-dire, en fait, celle de la puissance publique, j'ai l'impression qu'on nous attaque pour avoir roulé à cent quarante kilomètres/heure sur une autoroute à la vitesse limitée à cent quarante kilomètres/heure. Au cours du procès, nos avocats, Mes Badinter, Michard-Pélissier et le bâtonnier Bondoux mettront à l'épreuve, avec succès, les excellents points de droit et arguments assemblés au cours d'un certain déjeuner chez Drouant.

Mais il n'y a pas que pour Roger Gaspard que la chose a été difficile à avaler. Dans les semaines qui suivent, ceux qui ont voté contre l'ex-président peuvent faire l'expérience de ce qu'est une « réaction » des pouvoirs publics : nous sommes convoqués un par un dans des bureaux très importants où nous sommes proprement et prestement schampouinés et engueulés. Je crois pouvoir dire que, pour moi, l'engueulade est particulièrement soignée. Étant plus un enfant du droit des sociétés qu'un fils des grands principes de l'État, je ne comprends absolument rien à cette colère si typiquement française. Est-ce, d'ailleurs, le fait que je ne sois pas Français qui crée l'inquiétude génératrice d'une telle colère? Je ne pense pas, raisonnablement : le groupe Empain, par ses ramifications, est au moins aussi français que belge. Est-ce mon âge? Certes, j'ai trente-deux ans seulement, mais tout le monde politique et industriel sait que je ne suis pas entouré de rigolos ni de premiers communiants. Non, je ne pense pas que dans toute cette affaire ce soit moi en tant que tel qui dérange. La raison, au fond, est plus simple, plus humaine : du temps de M. de Boissieu, les pouvoirs publics avaient la main haute sur Schneider. Idem du temps de M. Gaspard. Avec l'arrivée de Forgeot et Empain, une telle mainmise sur les leviers de commande est chose finie. Or il suffit d'avoir été un peu dans l'industrie et l'entreprise comme moi et beaucoup d'autres le sont ou l'ont été, pour avoir connu un phénomène très particulier en France : je pense sincèrement qu'en tout grand serviteur de l'État il y a un chef d'entreprise frustré qui sommeille.

Roger Gaspard, par exemple, ne manquait absolument pas de compétences personnelles. C'était un homme extrêmement intelligent et j'avais fait tout mon possible au cours d'interminables discussions pour que nous soyons alliés à la marche de Schneider. Je lui avais même dit : vous et moi ferions un tandem formidable. Chaque fois, il m'avait répondu : « *Vous avez 23 % des titres, moi je représente 75 % des actionnaires* », ce qui était à la fois faux et imparable. Faux, car les plus grosses représentations de titres en Assemblée générale n'allaient jamais au-delà de 33-35 % de l'ensemble. Et ces titres représentaient essentiellement de petits porteurs qui les déposent dans les grandes banques nationalisées, lesquelles ont tout naturellement l'habitude de transmettre les pouvoirs au président de leur société. Ces pouvoirs allaient donc à Roger Gaspard, président en titre, mais pas à Roger Gaspard pour (ou contre) sa gestion. Pourtant, ce dernier estimait de toute bonne foi être investi d'une légitimité à la fois pour avoir été nommé par un ministre et, de ce fait, être dépositaire d'une majorité d'actions. Ainsi, n'était-il pas contraint à partager ou à mesurer son pouvoir. J'ai toujours trouvé ce genre de blocage regrettable, et, pourquoi ne pas le dire, quelque peu scandaleux si l'on pense aux enjeux économiques que représentait alors la puissance Schneider.

L'épilogue de cette histoire a eu lieu peu après. Georges Pompidou, homme d'État que j'ai toujours admiré et respecté malgré nos empoignades, était président de la République. Dans son bureau à l'Élysée, il m'avait accueilli de façon courtoise et débonnaire, tranchant avec d'autres accueils récents. A un moment de la conversation, nous en étions venus à parler des « événements » Schneider et j'avais senti mes oreilles s'agrandir en l'entendait dire : « *Gaspard m'emmerdait à l'EDF, c'était mon devoir de vous le recoller. Maintenant, si c'était aussi votre devoir de le virer, vous avez bien fait de le faire.* »

CHAPITRE V

On pourrait penser que, par rapport à la situation qui était la nôtre quand nous n'avions « que » 23 % de parts Schneider, ou quand nous n'étions qu'une minorité sous la coupe d'une majorité hostile, les récents développements de notre aventure française pouvaient légitimement apparaître comme satisfaisants et même encourageants.

Pourtant, le climat régnant au sein du groupe Empain n'est pas d'un optimisme bondissant. On me dit qu'avec Jean Forgeot à la présidence de Schneider, j'ai troqué Sylla contre Charybde : « *Le nouveau est à peine mieux que l'ancien, la seule différence est qu'il vous doit son pouvoir, mais ce n'est pas une solution.* » Moi, j'estime que le résultat n'est pas si médiocre. J'ai fait le maximum avec les cartes dont je disposais et il n'y avait rien d'autre à faire que ce que j'ai fait. Nous nous retrouvons entre industriels, entre Empain et Schneider, allégés de cette pièce rapportée qu'était Roger Gaspard. Mais, autour de moi, on n'est pas convaincu. Il est vrai – et je m'en aperçois plus facilement aujourd'hui, à distance – que je suis pris dans une dynamique ascensionnelle du fait de notre accession à la majorité du conseil Schneider. D'autre part, tout responsable placé à la barre et provenant de Schneider est poussé sur une pente – naturelle ou fatale – à composer plus qu'il ne faudrait avec la volonté du pouvoir politique. René Engen m'informe très régulièrement de cette tendance. Et je puis accorder tout crédit à sa capacité à obtenir des informations de première main lorsqu'il est installé quelque part. A mesure que passent les semaines, nous voyons Jean Forgeot manœuvrer de plus en plus à l'étroit entre la pression des pouvoirs publics, des cadres de Schneider et celle des actionnaires (où la nôtre, certes, compte pour beaucoup). Mais les circonstances mêmes de son élection à la présidence n'en font pas un président à part entière et il le sait déjà parfaitement le jour où je viens lui dire que sa situation est intenable et qu'il doit laisser la place à son tour. Il me répond à peu près : « *Je respecte la loi capitaliste. Je ne me réjouis guère de ce que vous me demandez, mais je l'accepte et ne vous en garderai pas rancune.* » C'est ainsi qu'en 1971, à trente-cinq ans, je deviens président de Schneider. Il y a moins de dix ans, on me tenait pour un brave garçon aimant le ski, les belles voitures et sa famille. C'est d'ailleurs toujours vrai en 1971.

En quittant la rue de Lisbonne pour venir m'installer en permanence rue d'Anjou, je me suis immédiatement attaché René Engen comme directeur général et j'ai cherché un bureau. Mon choix se porte symboliquement sur la grande salle de réunion où avait eu lieu la défenestration arithmétique du président Gaspard. Quelque temps plus tard, je vois la porte s'ouvrir brutalement sur une jeune femme très agitée qui se présente comme étant Dominique, la fille de Charles Schneider, et s'écrie :

– Ah, mais qu'est-ce que je vois? C'est une honte! Savez-vous où vous êtes ici?

– Dans mon bureau...

– Ce n'est pas votre bureau. C'est celui de Charles Schneider, mon père. C'est honteux!

Me sentant innocent du reproche qui m'était fait, j'ai éconduit ma visiteuse assez sèchement. Je constate au passage, qu'une fois de plus, mon destin, ou mon histoire personnelle si l'on préfère, me place toujours au carrefour de la légitimité et de l'usurpation. Et ce, d'une façon très semblable à chaque fois : je suis accusé d'usurpation pour exercer une légitimité.

Il est sûr, en tout cas, que quelqu'un avait dû se faire un plaisir d'annoncer à la jeune femme en colère que j'occupais le bureau de son père. Il est non moins sûr que le clan Empain est arrivé rue d'Anjou en pays conquis après quatre ans de siège et que j'ai moi-même ordonné qu'il ne soit désormais plus parlé que du groupe Empain-Schneider. Ceci expliquant sans doute cela, et bien d'autres manifestations d'amertume, venant du clan Schneider. Pour modérer les gens d'Empain, je me suis même parfois attiré leur inimitié.

Évidemment, à partir du moment où je suis président du groupe Empain-Schneider, il me faut gouverner dans un paysage quotidien de clans plus ou moins hostiles entre eux, la majorité de ces clans ayant, à des degrés ou pour des raisons divers, quelque chose à me reprocher et à se reprocher les uns aux autres. C'est ainsi que côté Empain, il y a trois clans. Le mien proprement dit, représenté par Engen, Biérry, Pineau, Berthon, Royer et les « Belges ». Ce sont les gens avec lesquels j'ai « fait la révolution » en saisissant le pouvoir dans les mains d'Édouard. A noter que ce clan belge, une fois notre « révolution » accomplie, entend bien se comporter en conquérant vis-à-vis de la partie française du groupe Empain. En succédant à Édouard, l'une des premières questions auxquelles j'avais dû répondre était de savoir si le centre de décision du groupe devait être Bruxelles ou Paris. J'avais répondu : « *Le centre de décision se trouvera là où je serai moi-même.* » Afin de clore le débat une fois pour toutes, j'irai passer deux jours par semaine à Bruxelles.

Le second clan Empain, en perte de vitesse, est le clan Édouard dont Raymond Brissaud demeure le porte-bannière. La philosophie déclarée de ce clan-là est que l'intérêt du groupe doit passer avant les questions de personnes. Mais le problème était que si Raymond Brissaud avait souvent tendance à donner raison à Édouard, il était toujours tenu de suivre mes décisions.

En face, si j'ose dire, se trouve le clan Schneider. Ceux qui viennent du temps de Charles Schneider, de Mme Schneider et qui ont été conquis d'abord par les alliés des pouvoirs publics, ensuite par moi. Même si cette dernière conquête a reçu leur aide et leur assentiment, ils me considèrent comme l'envahisseur et n'acceptent mon autorité que sous contrainte. Leur réflexe quasi permanent est de contrer ou de contrebalancer mon pouvoir par celui de l'État.

Enfin, dans le groupe Creusot-Loire, dont j'ai évoqué précédemment la constitution sous le mandat du président Gaspard, on repère tout naturellement les deux clans vivement opposés : le clan Schneider et le clan Loire. Dans les trois années précédant mon enlèvement, je peux dire avoir passé une grande part de mon temps à essayer d'arbitrer des problèmes humains, dus à la lutte des clans que je viens de citer.

En 1972, je commence à deviner que ma tâche consistera essentiellement à gérer les trois grands morceaux de cet empire industriel qui ne traite d'aucune affaire « grand public » telle que parfums, cosmétiques ou télévisions, mais dont les clients sont des institutions, des administrations ou des États.

Si je pouvais en douter, la modification du système de direction de Creusot-Loire que j'entreprends va très clairement me le confirmer.

L'accord Creusot-Loire pris par Gaspard institue en effet une présidence rotative biennale. Ce qui signifie une société dirigée par un président rotatif, successivement issu, tous les deux ans, de l'un ou l'autre des deux groupes qui ne s'entendent pas et ce, pour gérer une entreprise à cycle long, c'est-à-dire dont les amplitudes de réalisation dépassent largement deux années. Cela ne peut plus durer. Notre propos, pour remédier à cette folie institutionnelle, est d'obtenir que la nomination du président de Creusot-Loire dépende de Schneider exclusivement.

J'ai déjà évoqué la fusion Creusot-Loire opérée du temps du mandat Gaspard et sa particularité : partage à 50 % du capital entre le groupe Empain-Schneider et la Marine Héricourt. C'est-à-dire une impossibilité absolue de direction en matière de sociétés : il n'y a pas fusion, il y a juxtaposition. Ce que les faits confirment largement. Aussi ai-je commandé une étude détaillée de l'actionnariat de la Marine, laquelle fait apparaître une dispersion de l'ensemble des actions dans des entreprises sidérurgiques. En 1973, nous décidons de lancer une OPA (offre publique d'achat) sur la Marine. C'est-à-dire que nous achetons toutes les actions de cette société disponibles sur le marché.

En quinze jours, nous avons acquis 50 % du capital de la Marine, en trois semaines le contrôle de cette société.

La réaction du pouvoir politique est extrêmement vive. On m'intime l'ordre de revendre toutes les actions que j'ai achetées. Je refuse. Je suis convoqué par M. Couve de Murville, Premier ministre, et la conversation entre nous est dépourvue d'aménité.

– *Vous devez renoncer,* dit-il.

– *Je regrette, monsieur le ministre, je ferai ce que j'ai décidé de faire. Que pouvez-vous contre moi? Ma démarche est parfaitement légale.*

– *Ce que je peux contre vous? Par exemple, vous renvoyer en Belgique.*

Cela dit avec le sourire, comme une plaisanterie...

Ce nouveau conflit avec les pouvoirs publics est si vif qu'il faut trouver un compromis pour le dénouer. Usinor et Sacilor (groupe Wendel) se sont offerts à me racheter une part de mes actions Marine. Finalement, c'est Sacilor qui procède à ce rachat à petit bénéfice.

Paradoxalement, même s'ils ont souvent été conflictuels, j'ai toujours entretenu de bons rapports avec les représentants des pouvoirs publics. Je dis, *bons*; je ne dis pas spécialement amicaux. Mais les choses ont toujours été claires et nettes : on savait parfaitement à quoi s'en tenir quant à ma conception des rapports entre entreprise privée et pouvoirs publics. Au risque de choquer, je n'ai jamais caché à mes interlocuteurs que je les considérais comme mes employés... Non pas, bien sûr, au sens d'employés de maison. Mais enfin, je paie ces gens avec mes impôts et je mandate les hommes politiques par mon vote. De plus, un ministère passe, le baron Empain reste : s'il n'est certes pas éternel – on le vérifiera en ce qui me concerne – un chef d'entreprise dispose généralement d'une plus grande pérennité qu'un homme politique. Je considère en outre, dans cette perspective, qu'un ministère de tutelle est là pour favoriser l'activité de ma société, créatrice de richesses, à égalité de chance avec toutes les autres sociétés, quelles qu'elles soient. En ce sens, je pense qu'une société florissante doit être aidée au même titre qu'une société en difficulté et non pas pénalisée en raison de son succès. Les présidents de sociétés ne sont – en principe – pas choisis par les pouvoirs publics : ceux-ci doivent s'en accommoder. Il me semble que c'est une des raisons pour lesquelles on a fait la démocratie.

En résumé, j'ai toujours été convaincu que le pouvoir politique ne doit être qu'un arbitre. Et un arbitre n'est pas celui qui tire le pénalty. A chaque fois que cela a été le cas, j'ai été effectivement en conflit avec l'arbitre.

L'intervention directe du pouvoir dans la formation de Creusot-Loire est une illustration parfaite de ce propos. En réalité, dès l'origine et du fait même de ses origines, le destin de Creusot-Loire a été un destin tourmenté. Seule l'aventure heureuse de Framatome a masqué nos déboires avec ce grand secteur de notre groupe.

Le secteur nucléaire, en effet, m'intéresse et me plaît. J'ai senti venir comme certains autres le grand développement de ce secteur énergétique. Pour nous, Framatome constitue une bonne cellule de départ, pratiquant la filière graphyte–gaz selon un procédé breveté du CEA. Procédé qui n'apparaît pas véritablement concurrentiel face au procédé américain Westinghouse. Nous en avons bien vendu une unité en Espagne, mais dans de mauvaises conditions et il en fonctionne une autre en France. Nous devons donc choisir alors entre la découverte d'un autre procédé ou l'achat d'un brevet américain. Jeumont-Schneider, société de matériel électrique, possède déjà une licence Westinghouse pour un certain type de matériels électriques. Il nous semble cohérent d'étendre cette licence au secteur nucléaire. C'est le début d'une longue négociation. Négociation assez rude, comme on peut l'imaginer, car les Américains, en affaires, ne sont pas de grands enfants. Bien entendu, nos interlocuteurs sont très intéressés, n'ignorant pas la décision du gouvernement Mesmer d'entreprendre la construction d'un grand nombre de centrales nucléaires en France à la suite de la première crise de l'énergie. Pour eux, nous représentons une base industrielle appréciable et, manifestement, ils ne pensent pas un instant que nous puissions les concurrencer un jour ou l'autre.

Un certain temps après la signature de cet accord, pourtant, vers 1975-1976, nous taillerons quelques croupières à Westinghouse en leur ravissant le marché des centrales sud-africaines. A cette époque-là, nous aurons maîtrisé leur technique et eux auront besoin de nous pour toutes les améliorations que nous aurons apportées à leur procédé. La clause de *flow back* oblige, en effet, l'acheteur d'une licence à faire part au vendeur de toutes les améliorations qu'il aurait pu apporter dans la pratique au procédé. Le *flow back* a beaucoup joué entre Framatome et Westinghouse : notamment en matière de sécurité où EDF imposait des normes beaucoup plus strictes que les normes américaines.

Conquérir des sociétés comme je l'ai fait jusqu'à présent est une forme d'activité industrielle. Mais conquérir un marché en est une autre, qui répond mieux à mes aspirations. Le marché du nucléaire devient alors ma préoccupation première. A Empain-Schneider, nous sommes « fabricants de chaudières ». L'ensemble de nos sociétés participe de cette activité : Jeumont-Schneider pour les pompes, Spie-Batignolles pour le génie civil, Creusot-Loire pour la mécanique (« chaudières » proprement dites). En France, nous sommes alors N° 1 sur ce marché.

En face de nous, la CGE a également pris une licence nucléaire auprès de General Electric, concurrent américain de Westinghouse. Leur gros problème est de n'avoir pas de « fabricant de chaudière ». Sur le projet Fessenheim, nous nous trouvons directement confrontés à la CGE, l'État étant adjudicataire du marché. La lutte est d'emblée très serrée, très rude. Nous nous battons, de part et d'autre, en faisant jouer les *lobbies,* sachant que le premier à décrocher un contrat nucléaire de ce type aura plusieurs longueurs d'avance sur le marché. Me croira-t-on si je dis que les pouvoirs publics font tout pour que le contrat aille à la CGE?... Finalement, nos dossiers seront pourtant vainqueurs : nous avons déjà fait une petite centrale en Belgique, nous sommes susceptibles de ne pas sous-traiter en réalisant nos ouvrages, donc de faire travailler uniquement des ouvriers français.

«*A ce prix-là, on ne peut que se féliciter de ne pas avoir eu le marché*», a-t-on dit aussitôt à la CGE. Il est vrai que notre devis est de 20 % inférieur à celui présenté par notre concurrent, lequel nous accuse de faire du dumping. Mais en fin de compte, nous verrons venir à nous l'état-major de la CGE avec lequel nous nous accordons sur l'idée d'un pacte de non-agression en forme de répartition des activités : eux abandonnent le secteur nucléaire proprement dit, mais fournissent les turbo-alternateurs, tandis que nous demeurons maître d'œuvre. Tout ceci a lieu en 1974, dans les dernières semaines de la magistrature de Georges Pompidou. J'ai profondément regretté la mort de cet authentique homme d'État que j'estimais beaucoup sur le plan personnel. A l'occasion de l'une de nos rencontres, il m'avait invité à développer devant lui ma conception du nucléaire : à savoir que le marché français était loin d'être assez vaste pour abriter deux sociétés concurrentes. Dans un tel cas, celles-ci seraient amenées à se battre sur chaque projet et n'auraient jamais assez de moyens pour exporter leur savoir-faire et concurrencer les Américains. « *Si l'on estime que la CGE est meilleure que nous,* avais-je dit au président, *alors qu'on lui donne le marché et nous nous retirerons.* » Mon avis, on le devine, était qu'Empain-Schneider était le premier. Ce que je sais, c'est que la décision finale en notre faveur fut prise par Georges Pompidou. Il n'avait pas été, semble-t-il, effleuré à l'idée que ma nationalité belge fût contraire aux intérêts supérieurs de la France.

Les gens du *lobbie* qui avait soutenu la CGE avaient fait passer dans une partie de l'opinion l'idée qu'Empain-Schneider était en passe de s'attribuer une position de monopole en matière nucléaire alors qu'aux États-Unis, il y avait, dans ce secteur, concurrence entre deux gros et un petit et que tout cela marchait très bien. Ce à quoi j'avais fait répondre que tout cela était bel et bon, à cette nuance – de taille – près qu'Outre-Atlantique, s'il n'y avait pas, en effet, de monopole de vendeur (réalisateur de centrale), il n'y avait pas davantage, en face, de monopole d'acheteur. C'est-à-dire que les appels d'offres étaient passés par un certain nombre de sociétés électriques disséminées sur le territoire des divers États. En France, il n'y avait qu'un seul acheteur : l'État, en l'occurrence, EDF. Aucune compagnie électrique privée X ou Y ne pouvait nous acheter de centrales pour la bonne raison qu'elles n'existaient pas. La position que j'ai toujours défendue est qu'à monopole d'acheteur doit répondre un monopole de vendeur, à pluralité d'acheteurs, pluralité de vendeurs. Certes, le système de deux concurrents vendant pour un seul acheteur était à l'avantage immédiat de l'État, mais, comme je l'avais dit à M. Pompidou, il ruinait à long terme la possibilité d'exporter nos centrales.

Cette magie (noire) du chiffre 2 a également joué en matière de fabrication et d'achat de locomotives. Nous nous sommes de nouveau trouvés en concurrence avec Alsthom CGE. Pour la partie traction, la question a été résolue par un *gentlemen's agreement* de type « *un coup c'est toi, un coup c'est moi* », c'est-à-dire l'engagement à n'être réellement partie prenante que pour un projet sur deux. Pour nous comme pour la CGE, c'était la seule façon d'échapper au système du monopole d'achat, en préférant le partage au carnage.

Je mettrai un terme à ces considérations en exprimant qu'à mes yeux la question de la compétition, de la libre concurrence entre très grandes entités industrielles, n'est pas d'ordre interne mais externe. Le véritable concurrent, en effet, et on a pu le constater cruellement ces dernières années, c'est le concurrent étranger. C'est contre ce dernier qu'il faut livrer la bataille technique et commerciale. Le Japon, la Corée du Sud, Singapour, n'ont jamais rien fait d'autre. Les États-Unis s'y sont mis et nous savons à quel point le marché américain sait résister à la concurrence étrangère. Framatome n'a jamais pu, si peu que ce fût, le pénétrer.

CHAPITRE VI

Dans le plein des années 70, je suis donc peu à peu parvenu à ce que certains appellent « l'apogée » de ma « trajectoire », tandis que d'autres se demandent « jusqu'où ira le baron Empain? », question que j'entends aujourd'hui poser à propos de Bernard Tapie avec la même insistance. A cette différence près que ce dernier maîtrise très bien les *media*, ce que je n'ai jamais su ou voulu faire ct qu'il m'est arrivé dans des circonstances bien précises de me reprocher à moi-même. Mais en vérité, je fais tout pour être « l'homme invisible », pour demeurer aussi loin que possible du champ de bataille, du terrain.

Je fais tout d'abord en sorte de représenter un pouvoir sur lequel on ne peut mettre un visage. Ce choix correspond parfaitement à mon aversion pour les mondanités et au goût que j'ai de traiter de mes affaires dans la coulisse plutôt que sur la place publique. Tout cela est très utile à mes collaborateurs directs qui usent pleinement de cette autorité invisible comme d'une force magique. Une vingtaine de personnes seulement ont accès à mon bureau d'où je ne sors jamais pour faire des inspections surprises : on ne me voit pas visiter les usines, je ne connais ni les ouvriers ni les petits cadres. Ne le faisant pas naturellement, je le ferais par démagogie. Ce à quoi je me refuse. En outre, cela serait contraire à ma volonté de créer un mythe autour du fait qu'on ne sait rien – ou presque – sur le baron Empain. Mes efforts produisent d'ailleurs l'effet désiré puisque, très vite, on ne prononce plus mon nom quand on parle de moi, mais une adresse : la *rue d'Anjou.* Une décision délicate a-t-elle été prise? « C'est la *rue d'Anjou* qui a décidé », dit-on. Et la *rue d'Anjou,* c'est moi.

L'avantage de la règle que je me suis imposée et qui peut sembler barbare et antinaturelle à certains, c'est que j'ai pu durant quinze ans me promener dans la rue, aller dans des restaurants, des boîtes de nuit, sans jamais être dérangé et en fréquentant des gens qui, me connaissant et m'appelant Wado, n'ont jamais établi la moindre relation entre moi et le baron Empain de la rue d'Anjou. Pour eux, le leader industriel et ce type en blue jean's et vieux mocassins ne pouvaient pas, un instant, être une seule et même personne. J'ai apprécié ce mystère et je l'ai cultivé au maximum.

A bien y réfléchir, une autre raison à cette attitude tient à mon caractère, timide et aimable : il me fallait séparer de façon absolue ma vie privée et ma vie professionnelle. Têtu et déterminé, je suis en même temps un garçon plutôt gentil et j'ai horreur de me fâcher avec quelqu'un. Dans la position que j'occupe alors, c'est un poids et j'ai besoin de me protéger. Rien de plus difficile, en effet, lorsqu'on est dans de telles dispositions, que de mener de dures négociations de contrats tout en étant « très gentil ». Il vaudrait mieux être du genre violent, un « tueur » comme on dit. Mais je n'ai pas les moyens de cette violence. Je ne les ai jamais eus. Prendre une décision dure à l'encontre de quelqu'un ne me fait pas davantage jouir sadiquement : ce n'est pas en cela que j'éprouve mon pouvoir. Je n'ai jamais pris plaisir à « tuer » quelqu'un au sein du groupe pour « raison d'État ». En somme, il me manque peut-être un morceau de la vraie panoplie du manager. Mais, si j'ose dire, ce manque ne me manque pas. Je ne me suis moi-même pas rendu compte à l'époque de la formidable puissance sécrétée par mon semi-anonymat. Ce n'est pas moi, en effet, qui l'utilise alors, mais mes collaborateurs. Quand tel ministre, par exemple, veut voir le responsable de la rue d'Anjou, c'est l'un d'entre eux qui fait répondre : « *Le baron Empain ne viendra pas.* » La méthode, extrêmement efficace lors de négociations, est tellement rodée, qu'on l'utilise dans la plupart des cas sans même m'en parler.

Il faut croire que l'ensemble était crédible, puisqu'en 1975, je suis devenu le premier membre étranger à entrer au Comité directeur du CNPF.

La proposition de faire entrer dans les instances supérieures du CNPF un dirigeant du groupe Empain-Schneider est à la fois une première et une caution donnée par le monde industriel français. Et même une reconnaissance de notre légitimité. Au début, on avait seulement ouvert la porte pour un membre du groupe, un de mes collaborateurs. Mais dans ce cas précis, je réagis contrairement à mes habitutdes en n'acceptant pas de laisser la place à l'un de mes « barons ». Si le groupe entre au CNPF, ce doit être en la personne de son président : nous avons trop longtemps représenté une puissance contestée pour qu'elle ne soit pas reconnue et admise au sommet. J'ai moi-même été trop souvent confronté à des questions de légitimité au cours de mon existence et de ma carrière pour ne pas en avoir une perception aiguë.

J'entre donc en contact avec François Ceyrac et l'invite à déjeuner rue d'Anjou, en compagnie de René Engen. Durant l'entrevue, nous lui exposons les motifs de notre position par rapport à une éventuelle entrée au CNPF. A la fin du repas, notre invité convient de bonne grâce que mon poids industriel en France légitime ma demande : Engen a été très éloquent. François Ceyrac m'a simplement demandé un peu de temps pour pouvoir soutenir efficacement ma candidature, ce qui a été fait.

J'avais cru que le comité directeur du CNPF était un lieu où l'on travaillait. Je constate vite que ce n'est pas, du fait des trente-six membres le composant, l'instance où se prennent les décisions. Celles-ci sont en fait prises au sein des commissions *ad hoc* créées sur initiative du président dès qu'apparaît un problème et formées d'un ou deux membres du comité directeur et de plusieurs membres permanents du CNPF. Ces commissions pondent ensuite un rapport généralement adopté au cours d'une des séances du comité directeur ayant lieu chaque lundi à 15 heures au siège du conseil.

Mais ces décisions sont adoptées sans discussion réelle, il n'y a aucune possibilité d'intervenir pour ou contre telle ou telle solution. Comme je m'étonne un jour de ce curieux système, on me dit : « *Ce n'est pas ici que les choses se passent, mais lors du déjeuner.* » Je me rends donc au « déjeuner ». C'est une réunion mondaine et courtoise où une quarantaine de convives papotent et échangent des idées générales. Mais il ne s'y passe apparemment rien en fait de décision. J'ai le sentiment de participer à une assemblée de sages dans un climat de bon aloi feutré et de consensus soyeux. Je me résoudrai à l'idée que la notion de décision et de discussion au sein du CNPF est quelque chose d'impalpable et d'invisible, prenant corps, en tout cas, ailleurs qu'au comité directeur du CNPF ou au déjeuner précédant nos réunions. L'avantage que je trouve à y participer, outre leur caractère aimable, est d'y rencontrer facilement d'excellentes personnes, ce qui m'évite d'avoir à leur demander rendez-vous. Ainsi, la forme originale adoptée pour le rendez-vous de travail est-elle celle du club de rencontres.

On est nommé pour trois ans au comité directeur du CNPF. En 1979, un an après mon enlèvement, (janvier 78), mon mandat n'a pas été renouvelé. En réalité, on m'avait très civilement prié de ne pas demander ce renouvellement.

Les trois années précèdant mon enlèvement coïncident avec l'« apogée » de ma carrière de patron d'industrie. Et, comme pour obéir à une sorte de loi non écrite à laquelle bien peu d'apogées échappent, ce sont également les années où s'accumulent les nuages.

Une fois une position conquise, en effet, il faut savoir qu'en faire. Pour moi, les difficultés vont être de trois ordres : elles viendront de la question de la politique à adopter, de la lutte des clans au sein des divers secteurs du groupe et, enfin, d'une crise de confiance rampante entre moi-même et René Engen.

On peut aisément imaginer que mon histoire personnelle, comme on l'a vu, me met pour ainsi dire naturellement en attitude de conquête : après les « accords de Neuilly » en 1959, l'accession à la présidence à la place d'Édouard en 1967, l'installation à Empain-Schneider, Creusot-Loire, Framatome et ma place au

CNPF dans les années 70, je ne pouvais m'arrêter en si bon chemin. L'eussé-je voulu, j'étais condamné à poursuivre cette course aux couronnes et aux sceptres du royaume industriel. Rien ne devait ni ne pouvait m'arrêter. Des centaines de personnes, de besoins, de demandes poussaient en ce sens dans mon dos. Tailleur d'empire je resterai. Parvenu au sommet de mes objectifs, je prenais insensiblement, jour après jour, conscience de l'énorme malentendu.

Tout d'abord sur la conquête : elle ne m'a jamais plu pour moi-même. Pour elle-même, c'est autre chose... Mais pour moi-même : qu'on me pardonne l'image, mais c'est bien celle du chasseur rapportant plus de gibier qu'il n'en peut manger. Ce n'est pas pour le massacre, c'est pour en faire présent autour de lui (du moins le vrai chasseur). Ce que j'ai fait, je ne l'ai pas fait pour moi, mais pour que mes barons vivent bien dans un très grand empire : ma « chasse » à moi n'était pas d'agrandir mon territoire, mais le leur. Il s'agissait pour moi d'une manière de confédération où je n'aurais d'autres prérogatives que « royales » : j'y régnais mais n'y gouvernais pas. Et c'était d'autant plus vrai dans les « territoires » Creusot-Loire, très morcelés entre leurs féodalités d'origine très différentes. C'était une sorte de *Commonwealth.* J'avais opéré la conquête de Creusot-Loire afin que nous puissions posséder un secteur d'usines clés-en-main. Le groupe ne devait jamais à mon sens se présenter en sous-traitant ou faire lui-même appel à de la sous-traitance. Nous devions avoir notre souveraineté. « *Quand nous vendons une centrale nucléaire, nous creusons le premier trou, nous faisons l'environnement, le génie civil, les tuyaux sont fabriqués avec de l'acier provenant de chez nous, les assurances sont souscrites aux compagnies du groupe, les voyages préparés et organisés par l'agence du groupe.* » C'est une idée à laquelle j'ai toujours beaucoup tenu. Nous ne devions pas avoir de partenaires. Uniquement des concurrents ou des clients. Inutile de préciser qu'il nous est tout de même arrivé d'avoir des partenaires dans certaines circonstances. Mais, enfin, c'était l'exception.

Encore, sur ces questions de « l'empire et de son organisation », n'étais-je pas fondamentalement contesté. Mais aux origines, à l'histoire même de la conquête, collait l'inévitable question de la lutte des clans, que j'ai déjà abordée, et qui était la plus usante à gérer à la place que j'occupais. Si pour moi l'agrandissement de l'empire n'était pas une fin en soi, le développement de nouvelles perspectives me tenait énormément à cœur : et j'ai rencontré là une telle opposition sourde que mes tentatives, si j'en fais le bilan, se soldent par un échec.

Le souci de la modernisation n'est pas un souci de mode. Il répond à une nécessité. Moderniser, c'est adapter d'anciennes formes de production à des contingences nouvelles. C'est aussi profiter d'une certaine puissance industrielle pour s'ouvrir à de nouveaux types de marchés ou d'activités.

Pour ce qui est des anciennes formes d'activité, disons, avec le regard impitoyable que donne le recul du temps, que l'année 1974 fut pratiquement la plus fabuleuse de l'histoire de la sidérurgie de l'après-guerre. A cette époque-là, pas de problèmes : on pouvait largement satisfaire la demande avec les moyens traditionnels dont nous disposions. Mais ces moyens n'étaient plus traditionnels mais aussitôt vétustes dès lors que la demande baissait. C'est ce qui s'est passé en 1977-1978, avec la diminution très sensible de la consommation mondiale d'acier. A ce moment, il aurait fallu prendre le pari invraisemblable de moderniser la machine de production en produisant plus à un prix moindre, en « serrant les écrous » autant qu'il le faudrait. Les États-Unis y sont parvenus en payant le prix du sacrifice de 30 % de leur sidérugie. En France, nous n'avons rien voulu sacrifier, et nous nous trouvons dans la situation navrante où Fos-sur-Mer, unité industrielle de tout premier plan, tourne en deçà de ses capacités alors qu'au moment où la décision de la construire était prise, il aurait fallu prévoir la fermeture de la Lorraine et d'Usinor.

Cet exemple indique bien que la modernité est un état d'esprit. Et il est vrai que moi-même, tout-puissant maître d'Empain-Schneider, je fus déconsidéré auprès de mes barons pour ne pas le partager identiquement avec eux. Et notamment par René Engen, homme moderne, pourtant, s'il en était.

L'idéal, pour le fonctionnement de notre tandem, aurait été le lancement d'une « conquête », modeste ou imposante, tous les deux ans, si l'on sait qu'il faut entre six et huit mois pour faire un « coup ». Entre 1975 et 1978, dans le but de diversifier mes activités et de faire entrer notre image de marque dans la vie quotidienne, j'ai lancé une demi-douzaine de ces tentatives. C'est ainsi que nous avons racheté les skis Dynamic, fondé une petite société avec Ted Lapidus, créé une agence de publicité, promu la Marina de Bormes, acquis un grand immeuble à Monte-Carlo, racheté l'entreprise Jazz, participé au lancement de VSD avec Maurice Siégel... Mais presque toutes ces opérations d'envergure petite ou moyenne ont été ratées. Non parce qu'elles se sont soldées par un échec, mais parce que nous ne sommes pas allés jusqu'au bout de notre initiative. Ces affaires n'intéressent pas, en fait, René Engen... Non seulement elles ne calment pas mon appétit d'entreprendre, mais quand je « les ramène à la maison » elles ne sont pas exploitées.

J'étais animé du désir de donner une image moderne au groupe en le distinguant par le développement d'activités contemporaines liées pour une bonne part à la civilisation des loisirs. Il est vrai qu'en prononçant les mots Jeumont-Schneider, Spie-Batignolles, le Creusot, nous étions bien dans le XIXe siècle. Et moi, j'avais envie d'occuper une place dans le XXe. En fait, les affaires que j'apportais en les jetant sur la table du groupe blessaient la pudeur et le puritanisme de ces hommes de la grande industrie, nés dans un monde où l'on aime les mines, les chantiers navals, la sidérurgie, mais déjà beaucoup moins les industries de transformation (la voiture, c'est un peu « ollé-ollé »). Quant à l'idée de s'adresser au grand public, c'est vulgaire, indécent. Ça sent le péché mortel. Avec mon marchand de chiffons Ted Lapidus et mon douanier-skieur Jean-Claude Killy, vous imaginez!

Voilà donc un des aspects méconnus de ce qu'on nomme une apogée. Le plus grave, toutefois, étant ce qui, au long de ces années, se passe entre René Engen et moi, ou, plutôt, entre moi et lui.

J'ai écrit quel remarquable homme d'entreprise j'ai appelé à mon côté quand me sont revenus les pouvoirs du groupe Empain. J'ai expliqué à quel point il a su se rendre indispensable par l'extraordinaire qualité de son travail, par son coup d'œil stratégique et sa présence tactique à travers toutes les articulations internes et externes de la maison Empain-Schneider. Pourtant, au fil des années, il me semble peu à peu, par petites touches et avec l'autorité que lui donnent ses compétences, qu'il se comporte comme un roi dans mon royaume. Cela peut se voir à certains signes, comme, par exemple, lorsqu'il se met à rencontrer les vingt plus importants PDG du groupe en dehors de moi. Certes, il me fait toujours part de son intention de provoquer l'une de ces rencontres, mais je constate qu'il a déjà commencé à régler seul l'affaire les concernant. Bien entendu, il soumet la décision à mon approbation, mais à un stade où le travail est extrêmement mâché. A distance, je dirai qu'il me fait de plus en plus sanctionner *a posteriori* ses décisions plutôt que d'en discuter en amont avec moi.

Au commencement, c'est quelque chose de tout à fait imperceptible. La première fois, la chose a dû se faire par hasard : par exemple, le directeur de Châlons a une grève sur le dos et vient rue d'Anjou à 19 heures alors que j'en suis parti une heure plus tôt. Par ailleurs, j'ai des obligations de présence liées à douze postes d'administrateur en France et dix-huit à l'étranger. Certes, comme disent les *executive people*, « les administrateurs ronflent », mais, si j'ose dire, ils sont payés pour ça et je me sens tenu d'être présent. René Engen, qui s'est pourtant battu comme un beau diable pour être membre de tous les conseils d'administration du groupe, refuse d'y assister : ce sont des chambres d'enregistrement de décisions déjà prises par lui et moi, dit-il. Il appelle ça la grand-messe. Certes, mais moi je suis tenu d'y assister. A la fin de l'année, cela fait beaucoup de grand-messes. Quand je reviens de l'une d'elles, il me parle souvent des décisions qu'il a dû prendre en mon absence. D'ailleurs, il me pousse de plus en plus dans la voie de la fidélité aux offices de toutes sortes : conseils d'administration, déjeuners, symposiums, ces choses parfaitement inutiles où il faut faire de la représentation car tous les grands groupes y sont représentés par leur PDG. « *Vous devez y être, baron.* » Le pire, c'est que c'est vrai. Ne pas y être ne changerait rien au cours des choses, mais il est cependant indispensable d'y participer. Une des raisons pour lesquelles je me contrains à cette assiduité à l'inauguration des chrysanthèmes de la haute industrie est que mon beau-père, Édouard, s'y était toujours dérobé. Or, n'oublions pas que, dans le monde industriel de l'époque, nous avons non seulement une réputation à défendre mais aussi des préventions à lever.

Je dirais aujourd'hui qu'il y a, dans la présence de plus en plus « active » d'Engen sur le périmètre des décisions, une raison de paresse morale de ma part : il fait si bien les choses. Encore, s'il me soumettait des décisions erronées... Mais le problème est qu'à l'extérieur, cette montée aux commandes d'Engen est ressentie comme du désintérêt de ma part.

Tout le processus que je viens de décrire est, bien sûr, très lent. Par ailleurs, je demeure irremplaçable dans les domaines où René Engen « ne sait pas faire », c'est-à-dire telle rencontre avec un ministre, tel coup de bourse ou ratissage. Engen, en effet, ne sait pas encore rencontrer un ministre. Il saura.

En vérité, cette lente perte de confiance naît de ce que je ne suis pas un homme à gérer les acquis. Il y a les conquérants et les occupants. Moi, je suis plutôt de la première catégorie. Pour Engen, nos conquêtes sont terminées avec la prise de Creusot-Loire. Petit à petit, il a chaussé tout naturellement des pantoufles que je ne voulais pas enfiler. Je ne peux pas le lui reprocher. D'ailleurs il n'y a jamais eu de conflit entre lui et moi. Le problème est que je chausse contre mon gré les pantoufles des grand-messes tandis que lui chausse de plein gré les pantoufles des décisions. Il est vrai qu'il n'a occupé ces terrains que parce que je ne les occupais pas. Les terrains que j'occupe, ce sont ceux des conquêtes. Engen y a un rôle plus qu'effacé. Trop, peut-être : ça ne l'intéresse pas. Par la force des choses, et de façon quasi invisible, je me trouve donc, au sommet de mes pouvoirs, isolé sur le terrain des conquêtes et « écarté » sur celui de la gestion.

A concentrer et resserrer ainsi les choses, les sentiments et les hommes, en quelques pages et dix ans après, je constate que ce qui s'est tissé progressivement, jour après jour, c'est moins la trame d'une mésentente que d'un malentendu avec le plus proche de mes collaborateurs et aussi avec mon milieu professionnel. Insensiblement, nous marchions vers quelque chose de différent dans nos rapports. Quelque chose qui n'a jamais eu lieu, car c'est mon enlèvement qui a pris les destins en main, s'est chargé de battre les cartes et de les redistribuer dans un ordre que personne n'aurait pu décider ou imaginer. Avant que tout l'assemblage de nos forces, de nos réussites, de nos projets, de nos déceptions et de nos contradictions ne soit dispersé par la violente explosion d'une bombe de fait divers, je naviguais sur une route régulière, loin du cap des tempêtes, sereine, sûre, quasi monotone, scrutant sur la passerelle les balises régulièrement alignées des

« grand-messes », des chrysanthèmes et des rencontres au sommet.

C'est ainsi que, à l'instar de beaucoup d'autres personnages réputés importants de la France de ces années-là, je serai convié à une chasse présidentielle, à la moitié du septennat de Valéry Giscard d'Estaing. La chasse à Rambouillet est l'une des plus anciennes traditions de la République, elle-même héritée des chasses royales. Sous le quatrième des présidents de la Vᵉ, la chasse en petit comité a lieu durant une journée de six invités. Le président invite des gens auxquels il a des choses à dire et l'on chasse. Était-il un bon fusil, je veux dire un bon fusil de chasse? Non. Je dirais : un fusil moyen. Il paraît que son point fort est le fusil à balles dont il use en Afrique. A Rambouillet, il y avait des oiseaux faciles : quelqu'un qui n'y aurait pas eu 80 % de réussite serait un fusil moyen.

De bout en bout, l'organisation de la journée est très protocolaire. Tout le monde arrive à 8 heures du matin. Puis l'on se retrouve aligné près de la cheminée, par rang d'âge. Étant le plus jeune, je suis le dernier. Mes voisins, comme moi, ont déjà rencontré plusieurs fois notre hôte. Pourtant, tout ce cérémonial (nous attendons un quart d'heure devant la cheminée) donne l'impression que nous allons lui être présentés officiellement pour la première fois. Conviés à une partie de chasse, nous n'oserions jamais allumer une cigarette durant cette brève attente. Enfin le maître des lieux apparaît, marche droit sur nous et nous salue tous les six, l'un après l'autre, en nous regardant à hauteur des cheveux. Il est impeccablement vêtu d'une tenue de chasse intacte et nous convie à prendre le petit-déjeuner en sa compagnie.

Nous chassons en battue. Avant chaque battue, on nous remet une petite carte où est indiquée notre place sur la ligne de feu. Sur la petite carte – et sur le terrain – le président occupe toujours le poste zéro. Devant nous se dresse le mur massif et touffu d'un grand bois. Selon son importance, l'invité est plus ou moins près du président, c'est-à-dire du poste zéro : chasseur invétéré, je n'ai pourtant jamais vu ça nulle part. Quoi qu'il en soit, de ma place, je peux constater dans le massif une trouée dans les arbres à hauteur du poste zéro. Dès que les rabatteurs et les chiens s'approchent en face de nous, je vois la plupart des oiseaux déboucher du bois au-dessus du poste zéro qui tire énormément. Il faut dire qu'il est placé devant un véritable arrosoir d'oiseaux. En réalité, nous sommes plutôt là pour regarder le président tirer, à moins d'être situé directement à un bord ou à l'autre de l'arrosoir, qui crache ses volatiles aussi abondamment que le fusil présidentiel ses plombs. Comme, de plus, les oiseaux ne sont pas farouches, le tableau de chasse est impressionnant.

Du temps de Georges Pompidou, le président avait une carte de battue comme tout le monde et n'était pas systématiquement placé devant le robinet à perdreaux pour la bonne raison que le fameux poste zéro n'existait pas. Une chose me frappe également à l'occasion de ce nouveau type de chasse présidentielle : l'organisation très précise des déplacements d'une battue à l'autre. Les allées de Rambouillet sont tout à fait carossables et le risque d'être secoué en se rendant d'un point de chasse à un autre est quasi inexsitant. Pourtant, dans ce cas-là, cinq dcs six invités montent dans un minibus. Quant au président, il monte dans sa voiture personnelle. Son chien est assis à côté du chauffeur, et le sixième invité à côté du président. Chacun à notre tour, nous aurons ainsi l'honneur d'être placés au côté du chef de l'État, tandis que nos cinq compagnons suivent dans le minibus.

Dans la voiture, la conversation est du style familier :

– *Alors, commment ça va, chez vous? Les affaires vont bien!*

Sur chaque invité, il est informé de quelque chose de récent :

– *Vous avez décroché un beau contrat au Brésil? C'est bien. Et l'avenir se présente comment?*

– *Comme le passé : avec des hauts et des bas.*

– *Vous n'avez pas de problème particulier avec les pouvoirs publics actuellement!*

Je réponds sur les centrales nucléaires :

– *Ah, le développement du nucléaire, ça va bien, n'est-ce pas?*

La manière de mon voisin est de poser des questions vagues sur des sujets précis. Il peut appeler une centrale nucléaire par son nom, mais ni la question qu'il pose ni la réponse qu'on y a apporte ne semblent particulièrement l'intéresser.

Voilà en tout cas ce que peut donner une conversation entre Giscard d'Estaing et Empain dans une auto sur une allée de Rambouillet entre deux battues. Il est vrai qu'avec mon naturel timide et dans des circonstances aussi solennelles, je ferme bravement toutes les écoutilles. Jusqu'à 3 heures de l'après-midi, heure du déjeuner, nous aurons fait six battues d'affilée. Durant le repas, chacun se relaie pour « amuser le tapis », ce qui n'est pas évident. Tous les moyens pour faire passer dix minutes sont bons : que pensez-vous des dernières fluctuations du cours du dollar? La réponse est d'ailleurs très brillante et notre hôte est visiblement satisfait de pouvoir faire briller sa belle machine intellectuelle... Mais chacun d'entre nous est tellement au garde-à-vous devant son assiette qu'il ne viendrait à personne l'idée d'entamer une conversation avec son voisin. En fait, nous participons à une sorte de déjeuner-débat à six.

En fin de journée, après que le personnel de chasse eut nettoyé mon fusil et l'eut glissé dans mon coffre, après avoir pris ma « bourriche », c'est-à-dire deux faisans et un perdreau, après avoir présenté mes devoirs à mon hôte, rentrant sur Paris, je me rappelle l'expression qu'avait eue un jour quelqu'un qui l'avait bien connu : « *Giscard, c'est une valise sans poignée.* »

CHAPITRE VII

Finalement, cela devait arriver. J'ai toujours pensé qu'il allait m'arriver quelque chose autour de ma quarantième année. Bien sûr, je ne pensais pas qu'on allait m'enlever et me séquestrer soixante-trois jours. Je n'avais pas de pressentiment. Mais je m'étais toujours senti prédestiné à mourir à quarante ans. Dès ma vingtième année, je m'étais mis cette idée en tête. Je ressemble à ma sœur Huguette et à mon père, morts l'un et l'autre à quarante ans. En octobre 1977, c'est mon tour d'avoir cet âge. Superstition ou pas, je me mets à « faire attention », je réduis le nombre de mes voyages. Mon enlèvement, d'une certaine manière, m'a fait vivre quelque chose que j'avais l'impression d'avoir déjà vécu. Aujourd'hui encore, il me semble que tout ce qui m'est arrivé était inéluctable, que même l'évolution de mes affaires aboutissait à un événement incontrôlable, à un coup du destin, seul capable de dénouer les fils de mon existence.

Mon rêve était d'être un « père Joseph », de gouverner dans l'ombre : c'était totalement irréalisable. Je voulais régner sans gouverner, comme la reine d'Angleterre. J'y parvenais difficilement et mon « gouvernement », ne voulant plus que gérer les conquêtes, se désintéressait ouvertement de tout ce qui portait mes regards vers de nouveaux territoires. J'étais agacé par Engen, mais je m'en voulais plus à moi qu'à lui de cet agacement car il n'avait rien pris que je ne lui aie donné, rien gardé que je ne lui aie consenti : j'étais toujours le maître absolu des décisions et s'il en était ainsi, c'est que je l'avais décidé. Ce qui n'empêchait pas l'agacement.

Curieusement, ce week-end-là aura été consacré à deux de toutes ces activités que l'on m'a tant reprochées : le poker et la chasse. On s'en est même servi, on le verra plus tard, pour me couvrir copieusement d'injures alors que j'étais enfermé et encagoulé. Mais revenons au vendredi 20 janvier 1978. Ce jour-là, je suis parti en Sologne, chez Pierrette et Raymond Juteau, de vieux et fidèles amis, pour une chasse en famille à Veyrotte, près de Sully-sur-Loire. Samedi, le temps est neigeux, mais la chasse est bonne : nous rapportons une bonne centaine de canards. A midi, je prends congé de mes amis. Je veux en effet éviter les embouteillages de l'après-midi et, le soir, j'ai une partie de poker. Pour rien au monde un joueur ne prendrait le risque de manquer le rendez-vous autour de la table. Je regagne donc Paris dans ma Mercedes 450 – bleu foncé dehors et dedans – qui m'a valu un certain nombre de contraventions pour excès de vitesse : j'ai toujours eu la passion des belles autos et je n'arrive pas à me faire à la limitation de vitesse. C'est pourquoi, aujourd'hui, j'ai renoncé à cette passion : je roule dans une vieille R 5. La partie de poker a lieu chez un voisin, avenue Foch. A huit heures du soir précises, mes partenaires et moi dînons. Nous ne traînons pas à table et nous nous retrouvons vite autour des cartes : à neuf heures, le premier coup est déjà joué.

« *Wado, tu as perdu ce soir* » : tandis que cet ami me sourit, je soupèse dans le creux de ma main le briquet jetable fétiche qui ne m'a pas porté chance. J'en possède un plein bocal, de toutes marques, de toutes couleurs, plus ou moins vieux. Quand je perds, je change de briquet. Ce soir-là, j'ai perdu. Je me sentais d'ailleurs plutôt morose, comme souvent le dimanche soir en fin de week-end. Demain, lundi, j'ai plusieurs rendez-vous difficiles ou, disons-le, emmerdants. Et, comme je suis quelqu'un de très consciencieux et d'organisé, je sais que je ne ferai rien pour m'y soustraire. J'ai une vie réglée tout au long de l'année. Je fais toujours tout à la même heure. A une heure et demie du matin, je rentre chez moi après que nous avons fait les comptes et nous sommes dit adieu, avant de regagner la nuit ouvrant sur une semaine de travail. Comme toujours, en retour de parties, je suis fatigué et lucide : au poker, l'alcool est un ennemi, on ne boit que de l'eau. Le poker est un sport. Sport étrange qui ressemble aussi à une messe : à table nous avons bu du vin et aux cartes nous avons fumé comme des locomotives. Mais rien que de l'eau à boire.

Selon le rite habituel, à vingt heures nous avons réglé gains et pertes de la partie précédente, celle du jeudi. En ce moment, depuis quelques mois, nous nous retrouvons deux fois par semaine : le jeudi et le dimanche. Le paiement des dettes et l'encaissement des gains avant le dîner est une règle. Elle a pour avantage de ne laisser admettre autour de la table que ceux qui ont réglé, donc d'éviter des incidents désagréables. Si l'on ne peut pas payer, on se fait excuser au téléphone (le joueur de poker met beaucoup d'orgueil dans les questions de régularité). On peut perdre 100 000 F ou gagner 250 000 F et inversement : ce sont des *maxima.* Tout le monde joue en bras de chemise, chacun a son gri-gri : une vieille chemise, un jean's troué, pas de maillot rayé, certains retirent leurs chaussures sous prétexte que les garder aux pieds porte la poisse. Jeudi dernier, l'un d'entre nous, qui avait beaucoup perdu avec une nouvelle chemise sur lui, l'a aussitôt jetée à la poubelle. Nous nous en remettons encore au sort pour déterminer la place de chacun autour de la table en tirant les cartes : la plus grosse choisit sa place et ainsi de suite. Donc, ce soir-là, j'ai perdu : je jette mon *cricket.* Celui-là, à force de servir, a épuisé sa chance. Je vais devoir trouver dans ma réserve un briquet chanceux. Il est une heure et demie. Je n'étais pas en forme, je n'avais pas le moral. En bas, dans la rue, au moment de nous séparer, un copain m'a dit : « *Tu as l'air fatigué.* »

Arrivé chez moi, je me mets au lit. Aussitôt au lit, je dors en trois minutes : insomnie, connais pas.

Le lendemain, un lundi 3 janvier, je monte comme chaque jour à 10 h 20 dans ma voiture qui m'attend au « 33 Foch », j'échange quelques mots avec Jean Denis, mon chauffeur, nous démarrons et je commence à détailler la une du *Figaro :* ce jour-là, sous le titre d'ouverture consacré au Proche-Orient, suit un article de Paul-Marie de la Gorce, intitulé : « *La suite logique.* » Et le « cavalier seul » d'André Frossard, parlant de l'action du président Sadate, est titré : « *Nuages* ». La marche de la voiture dans la contre-allée de l'avenue Foch se fait hésitante, nous freinons à plusieurs reprises : je lève les yeux de mon journal et vois devant nous un cyclomotoriste avançant en zigzaguant, manifestement en état d'ivresse ou peut-être victime d'un malaise.

– *Mais il est fou, cet abruti!* dit le chauffeur.

Jean Denis a dû donner un coup de volant et freiner brutalement pour éviter de heurter le cyclomotoriste qui vient de faire une chute à hauteur d'une camionnette d'où surgissent aussitôt trois hommes masqués avec des pistolets-mitrailleurs au poing. Ils se dirigent droit sur nous et encadrent la voiture. L'un ouvre la porte avant gauche et tire sans ménagement mon chauffeur sur la chaussée, tous s'installent aussitôt à bord. On me saisit la tête, une main applique sur ma bouche et mes yeux une bande de sparadrap, on me coiffe d'une cagoule. Une sensation de froid autour des poignets et des chevilles, et un déclic : on vient de me passer des menottes. Une bourrade brusque sur les épaules : on me couche sur le plancher, à l'arrière de la voiture. Une voix :

– *Si tu ne fais pas tout ce qu'on te dit, on te bute.*

Puis de nouveau le silence le plus total de gens qui savent ce qu'ils font et le font bien. Nous roulons une dizaine de minutes, ralentissons, manœuvrons : aux tours que nous faisons, je comprends que nous sommes dans un parking. Arrêt. On me sort – très violemment, et ce sera la même attitude avec moi du début à la fin – et l'on me fait monter dans le coffre d'une autre voiture attendant à quelques pas de là. Un coffre que je sens assez haut, je dirais : Range Rover. Nous roulons très vraisemblablement sur le périphérique, puis une demi-heure encore sur un itinéraire qu'il m'est totalement impossible d'évaluer, même approximativement. Il doit y avoir à peine une heure que le cyclomotoriste divaguant s'est affalé devant nous avenue Foch. Je sens la voiture qui descend et s'arrête, sans doute dans un garage privé. On me sort du coffre et l'on m'amène à l'avant pour me faire asseoir à côté du chauffeur. Encore une voix :

– *On va te faire dormir.*

Je sens un pincement à mon bras gauche : on vient de me faire une piqûre à travers ma veste et ma chemise. On ferme tout autour de moi, on s'éloigne, on me laisse, on s'en va. Je m'attends à sombrer dans une léthargie de roman noir. En fait de somnifère, je ne ferme pas l'œil. A mon grand regret, à chaque instant qui passe. Car c'est seulement vers ce que je pense être la fin de la journée que l'on vient me reprendre. Voix :

– *On va à la campagne.*

Coffre de nouveau, où l'on me jette comme un paquet. Nous repartons. Cette fois, on roule longtemps, selon un itinéraire compliqué avec beaucoup d'arrêts. Depuis le coffre, je parviens à entendre grésiller une radio : j'y entends des voix inconnues prononcer « baron Empain... Empain ». Mes « hôtes » sont branchés sur la longueur d'ondes de la police qui me recherche : on parle de barrages, de contrôles routiers. J'entends d'autres voix, des voix « amies », si j'ose dire : mes ravisseurs sont en liaison avec une autre voiture les précédant pour ouvrir la route. Après une heure de la sorte, mon odorat de chasseur m'avertit que nous sommes arrivés à la lisière d'une forêt. Dans ma situation, on apprend très vite à utiliser à fond ceux des cinq sens qui restent disponibles. On me fait sortir du coffre, les menottes me sont retirées et l'on me guide sur un étroit chemin. Nous parvenons à quelque chose qui doit être une maison en ruine, ou désaffectée. On me fait descendre quelques marches et l'on m'installe dans une tente (odeur de toile humide), dressée à l'intérieur d'une pièce (les sons résonnent tout près). Je suis installé sur un matelas pneumatique. J'y reste dix minutes, la tête vide. Puis l'on revient, on me sort de la tente et me retire les sparadraps, ceux de la bouche et des yeux. Quelqu'un me tend une lampe torche :

– *Lis le papier.*

Il s'agit d'une note dactylographiée où l'on m'explique tout bonnement ce qui m'arrrive. Là, à la lueur de la torche, j'apprends qu'on demande pour ma libération une rançon de 90 millions de francs, payable en francs français, en deutschmarks ou en francs suisses. En fin de paragraphe, je peux lire : « *Nous allons te couper un doigt pour l'envoyer aux tiens comme preuve que nous te détenons.* »

– *Quelle est ta réaction?*

– *Il y a deux personnes à trouver.*

Je me garde bien de donner le nom de Sylvanna. J'indique René Engen, rue d'Anjou, et Jean-Jacques Biérry, mon ami, mon confident de toujours. Je reproduis tout cela sur un morceau de papier. Opération malcommode avec une torche dans une main pour m'éclairer et un stylo dans l'autre, retenu par des menottes et à quatre pattes sur un sol de terre battue. J'écris une lettre pour Engen, une pour Biérry. Je remets mon travail à mes interlocuteurs qui semblent satisfaits.

– *Bon, on va procéder à l'opération.*

Pour faire passer l'opération en question, on me donne à boire un (mauvais) breuvage spécial. Après quoi, je me retrouve de nouveau les yeux et la bouche barrés de sparadrap, la cagoule sur la tête, menottes aux chevilles, on saisit une de mes mains et on la pose sur une table, en éloignant l'auriculaire des autres doigts. En tout, l'opération aura pris cinq minutes. Infiniment moins que dans un hôpital. L'amputation proprement dite n'est pas douloureuse. De plus, le breuvage miracle est très efficace. A peine m'a-t-on pansé et recollé sous ma tente que je m'endors profondément.

Ce long sommeil non contrôlé m'a complètement déphasé. A mon réveil, je ne sais plus du tout où je suis. Force de l'habitude, je me crois d'abord avenue Foch. Mais la sensation de flotter sur un matelas pneumatique à moitié dégonflé et la vision d'une bouteille d'alcool à 90° sur le sol à côté de moi éloignent d'autant la perspective Foch. Dehors, on a entendu que je me réveillais :

– *Mets tout l'alcool sur ton pansement.*

Je verse, et là, plus aucun doute à l'envie de me tordre comme un asticot qui me saisit soudain : il y a vraiment eu « opération ». Bonne opération d'ailleurs, si l'on songe que le pansement ne me sera pas changé durant trente jours et qu'à ma libération, les médecins de l'hôpital américain seront sidérés de constater une cicatrice propre et nette.

Dans ma cahute, je commence à me livrer à l'activité essentielle, envahissante, permanente et étouffante du reclus : la gamberge. De ce côté-là, j'ai de quoi m'occuper. D'autant qu'après mon sommeil léthargique et sous une tente elle-même installée dans un sous-sol, la notion du temps et de l'espace s'estompe et laisse place à ce domaine très incertain – et sans frontière connue – de la gamberge.

Tout d'abord, se raccrocher à la réalité. Avenue Foch, ils étaient quatre à s'être occupés de mon chauffeur et quatre à s'être occupés de moi. Si l'on ajoute le cyclomotoriste, cela fait neuf personnes en tout. Plus celle qui nous attendait dans le parking – vraisemblablement le parking de la porte Champerret. Quand nous sommes arrivés en lisière de la forêt, ils devaient être quatre ou cinq à nous attendre : peut-être ceux qui ont enlevé Jean Denis. Bien. Ils seraient donc environ une dizaine. Mais quel genre de types? Une chose est frappante d'emblée : leur organisation, la hiérarchie quasi militaire qu'ils respectent entre eux, la façon dont sont accomplies les gardes. Toujours deux hommes autour de ma tente, et, d'après les rares échanges de consignes que je les entends se donner entre eux, deux autres hommes tournant en permanence autour de la maison avec une relève toutes les trois ou quatre heures environ (périodicité des bruits de lits à ressorts). Bref, ce sont les trois-huit, ou plutôt les six-quatre, avec une grande précision. Tout compte fait, ils doivent bien être une bonne douzaine à « gérer » l'ensemble des nécessités de ma capture. Ceux auxquels j'ai directement affaire sont les sous-officiers et les hommes de troupe : ils me parlent, mais en maquillant leurs voix, ce qui serait d'un effet comique en d'autres circonstances. Les autres, les chefs, dont je devine la présence à un certain affairement autour de ma tente, se taisent. Pour ce qui est des commodités de la vie quotidienne, disons que leur aménagement ne laisse pas d'éléments de consolation sur mon sort. Tout d'abord, il fait froid. Nous sommes en janvier et la température extérieure est de 7 à 8 degrés. Moi, je suis en costume, comme pour me rendre à un lundi de travail, immobile, allongé et je claque des dents. Peu à peu, je constate que mes anges-gardiens sont des artistes du travail psychologique : pour me perturber, ils servent les repas à heures irrégulières. Avec un type tel que moi, réglé comme un métronome, ils ont bien visé. Sur un mini-gaz dont ils disposent, j'ai droit au café en abondance. Du pain également, mais pas de plat chaud. Une heure ou cinq heures plus tard, une pomme ou un bout de sardine. Huit heures plus tard, une sorte de bouillon froid. Étant donnée la disposition des lieux, je ne sais jamais si ces agapes sont déjeuner ou dîner, ignorant s'il fait nuit ou jour. Côté confort vestimentaire, chacune de mes chevilles est donc enserrée dans une menotte, la paire de bracelets étant reliée à une chaîne elle-même fixée à un mur de la pièce. Aux mains, des menottes aussi, mais sans la chaîne reliée au mur (une suffit largement). Tous ces accessoires sont montés « très serré ». Ma tente doit faire 1,60 m debout mais j'ai pour instruction de rester assis ou allongé sur le dos. Du fait des menottes, il m'est impossible de me mettre sur le ventre. Pour ce qui est de la toilette et des commodités, c'est assez abominable. Comme je ne peux pas me mettre debout, les toilettes consistent en un seau de plastique jaune avec lequel je dois me débrouiller. En costume (fripé), menottes aux pieds et aux mains, comment faire pour faire « ça »? La première fois que la question s'est présentée, c'était une véritable équation à deux inconnues à laquelle il m'a fallu réfléchir un bon moment... Le seau jaune, bien entendu, n'est pas retiré bien souvent : en dehors du matelas pneumatique, c'est le seul meuble. Ce n'est pas un très beau meuble. A part ça, rien qui ressemble de près ou de loin à une toilette quotidienne, ni même hebdomadaire ou mensuelle. La seule chose que j'aie en permanence, c'est de l'eau à boire : mes ravisseurs savent qu'il ne faut pas blaguer avec l'eau si l'on veut garder un prisonnier en état de marche. D'ailleurs, je bois beaucoup. Je pisse donc beaucoup; j'ai donc souvent à résoudre ma petite équation à deux inconnues qui n'en sont plus.

En réalité, l'humiliation de cet inconfort et de cet état de dépendance totale est moins pénible à supporter que l'obscurité et l'oisiveté. Vingt-quatre heures sur vingt-quatre, je n'ai rien d'autre à faire qu'à gamberger. Au point de vue épreuve nerveuse, c'est costaud. D'ailleurs, pour alimenter et entretenir cette gamberge, mes gardiens s'y entendent grâce à la série des courriers à laquelle je dois plusieurs fois me soumettre. C'est, à cinq ou six reprises, la seule occasion où je vois de la lumière : celle de la torche qu'on me tend, éclairant le bic avec lequel je dois écrire. On me recommande fermement – toujours l'étrangeté de ces voix maquillées – d'écrire des lettres désespérées où j'insulte mes correspondants en les accusant de vouloir ma mort. Dans la stratégie de mes ravisseurs, cela procède de la mise en condition psychologique de l'extérieur. Du monde extérieur. Dans l'une de ces lettres, qui a beaucoup intrigué les policiers et mon entourage, comme je l'ai appris par la suite, j'ai délibérément – et sans consulter sur ce point ceux qui me tenaient la main – fait pratiquement une faute d'orthographe par mot. C'est nettement supérieur à mon taux habituel de fautes d'orthographe. Ne voulant pas payer ou laisser payer la rançon, j'espérais ainsi le faire comprendre à mes correspondants qui interprèteraient cette anomalie comme un signe de connivence, donc de résistance. Peine perdue : à l'extérieur, on a interprété cette profusion de fautes d'orthographe comme la preuve que mon état mental déclinait. Il faut dire qu'il y avait de quoi se perdre, dans la mesure où à chacune de ces lettres, j'étais tenu d'écrire qu'on allait me couper un doigt de plus.

Le côté dramatique de ces courriers pouvait être d'autant plus frappant que, premièrement, on le voulait tel chez mes ravisseurs et, secondement, il n'y avait pas vraiment à se forcer pour qu'il en soit ainsi. D'un côté, mon principe – un principe d'homme en liberté auquel je m'accrochais – était le non-paiement de la rançon exigée; de l'autre, mon besoin – un besoin d'homme enchaîné qui ne cessait de me tourmenter – était d'être libéré. Et le plus tôt serait le mieux. En fait, le « plus tôt » a tout de même nécessité soixante-trois longs jours, pour survenir, sans que je puisse savoir, jusqu'à la dernière minute, si ce serait à l'état de cadavre ou à l'état de clochard.

Il se produisait en même temps un phénomène psychologique assez extraordinaire en moi. Au début de mon enlèvement, même si je me garde d'en faire part, j'éprouve vis-à-vis de ceux qui me retiennent ainsi un ressentiment très voisin de la haine. Ce sont, noir sur blanc, les méchants. Et ceux de l'extérieur, famille, amis, collaborateurs, qui font tout pour me sortir de là, sont les bons. Mais dans les conditions très particulières où je me trouve, c'est petit à petit l'inverse qui se produit : les bons, ce sont ceux qui me font, disons, survivre et dont dépend ma vie. Ils sont mes patrons. Les mauvais, c'est l'extérieur, mon entourage, qui n'y va pas de ses deniers, la police.

A ma libération, j'ai éprouvé de véritables difficultés à reclasser mes idées. Les « bons » étaient d'autant meilleurs que c'était eux, finalement, qui m'avaient libéré alors que les « mauvais », à l'extérieur, n'avaient rien fait – c'est ainsi que je voyais les choses, bien sûr – et qui me posaient toutes sortes de questions, me soumettaient à des interrogatoires serrés comme si j'étais coupable. Tout cela n'était pas conscient en moi. Ça l'est devenu par la suite. Mais c'était quelque chose de si fort que, lors de la première convocation du juge d'instruction, j'ai véritablement, dans mes réponses, protégé mes ravisseurs! Je ne donnais aucune indication précise, disais que nous communiquions uniquement par écrit...

En fait, il m'a fallu des semaines et des mois avant que les idées, toutes les idées, reprennent leur place. Je me suis aperçu alors que je disposais d'un certain nombre d'éléments susceptibles d'aider les recherches des policiers et les investigations du juge. Mais, pour en faire part, je me sentais un peu « coincé » par les termes de ma première déclaration à ma sortie de captivité. D'autant plus coincé que, comme on le sait, j'ai une horreur maladive de me trouver pris en défaut et d'avoir à supporter des reproches. Qu'allait penser le juge Chavanac, quand, deux mois plus tard, j'allais lui annoncer comme une fleur que... Discussion très orageuse. Si bien que durant les trois années que dura l'instruction, il fallut accomplir le chemin du mutisme absolu de ma première déclaration jusqu'à la vérité. En cours de route, j'eus affaire à un second juge d'instruction. Je n'avais pas avec lui le même « passé » qu'avec M. Chavanac, le terrain de la parole était vierge de tout malentendu, je m'étais habitué à ces interrogatoires qui me donnaient parfois la curieuse impression que j'étais peut-être complice de mon propre enlèvement. Avec ce second juge, j'ai pu parler. J'ai pu tout lui dire après lui avoir expliqué calmement le pourquoi de ma première déclaration, celle qui avait brouillé les pistes. Et il a parfaitement compris cette attitude du reclus qui considère ses geôliers comme ses alliés, ce qui n'a, il faut bien le dire, rien de logique à première vue.

Les méchants sont donc les bons dans cet univers de fous. Pour eux, je suis un détenu modèle : jamais une plainte, un reproche. Je sens que je suis tout à fait différent du genre de prisonnier auquel ils s'attendaient. A part le confort misérable et la douleur morale, j'ai eu de la chance avec mon doigt amputé : au bout de quinze jours, j'avais cessé d'en souffrir. Au fil de ces semaines d'obscurité forcée, l'attitude de mes gardiens envers moi a changé. Oserai-je écrire qu'à leur manière, ils doivent commencer à me prendre en sympathie? Une modification de leur comportement, en tout cas, est très perceptible. Non seulement il leur arrivera de me parler plus souvent, mais la consigne du déguisement des voix perd de sa rigueur : et mes oreilles sont expertes à enregistrer les plus petites nuances de bruits et de sons. Le ton, par exemple, trahit une sorte de respect.

Sur la fin de ma détention, dans les deux lieux où je serai enfermé ultérieurement, il m'arrivera parfois d'avoir des conversations d'une demi-heure avec ceux que je sus par la suite être Guillon et Bertoncini. Plus question, alors, de maquiller les voix. Je me souviens que le pays était en pleine campagne pour les législatives de 1978, Guillon m'avait apporté les résultats :

– *Tu vas être content, les tiens ont gagné, regarde.*

– *Pourquoi, ce ne sont pas les vôtres?*

Eux me tutoyaient, je les vouvoyais.

– *Moi, je m'en fous. Tous les mêmes.*

Mais pendant que s'écoule à l' « intérieur » une existence particulièrement indigente, « à l'extérieur » il se passe beaucoup de choses. Non seulement les péripéties relatives à la rançon, au jeu du chat et de la souris auquel se livrent les policiers et mes ravisseurs, mais aussi les retombées de l'enquête et de l'affaire dans les colonnes des journaux, qui aboutissent à des titres divers à ma vie privée, lui donnant un relent de scandale. J'y reviendrai.

Dans les premières semaines de ma détention, à l'époque où toute forme de conversation est formellement prohibée, j'ai pourtant fait tout mon possible pour expliquer que si quelqu'un peut décider ou non de payer la rançon, c'est moi. « *De là où je suis, je ne peux donner aucun ordre à mon banquier, vous demandez une chose impossible.*

– *T'es un sale con, tais-toi, c'est des salauds, c'est à cause d'eux que t'es encore là. Ils pensaient que tu serais sorti de là depuis longtemps.*

« Ils », ce sont les interlocuteurs de mes gardiens. Ils sont de trois sortes. Tout d'abord, les intimes, c'est-à-dire ma femme (sur laquelle on use essentiellement d'arguments psychologiques : la mutilation du doigt, les lettres...). Il y a ensuite les représentants du groupe, c'est-à-dire, principalement, René Engen et Jean-Jacques Biérry. Il y a enfin les policiers, représentés par MM. Ottavioli et Cancès. Comme toujours en cas de rapt, la famille et l'entourage sont pressés par un jeu de va-et-vient entre les exigences des ravisseurs et celles des policiers. Le cas de figure est toujours le même : pour les ravisseurs, il s'agit de gagner la rançon en menaçant une vie qui leur est en même temps très précieuse; pour ceux d'en face, il s'agit de préserver une vie tout en ne payant pas la rançon.

Au tout début, l'entourage, la famille et les amis ont tenté de faire la collecte pour payer une rançon. Ma mère avait dit : « *Des dons, pas des prêts.* » En quarante-huit heures, une somme de trente millions de francs (trois « madriers » dans l'argot financier) avait été réunie par René Engen qui l'avait fait savoir aux ravisseurs. Même s'ils en réclamaient presque trois fois plus, c'est une somme qu'ils ne peuvent pas refuser : trois milliards de centimes. Du moins, s'il n'y a qu'eux en cause, c'est-à-dire si mon enlèvement n'a jamais été rien d'autre qu'un enlèvement crapuleux. Plus tard, lors du procès, l'un des avocats de la défense aura à cœur de faire planer un doute sur la question (il s'agit de Me Kiejman). Pour ma part, je demeure persuadé qu'on ne saura jamais toute la vérité sur cette affaire. Je suis convaincu, comme tous ceux qui l'ont suivie de près, que tous les coupables n'ont pas été arrêtés, jugés et condamnés. Mais je dois avouer qu'aujourd'hui, c'est à peine si je serais curieux de connaître cette vérité vraie. Non que cela n'ait pas d'intérêt en soi, mais parce que cela m'indiffère désormais.

Quoi qu'il en soit, il y avait donc ces trois « madriers ». Pourquoi cela n'a-t-il pas marché? Mystère. Les malfrats ont-ils eu peur, trouvé la somme insuffisante? Quand j'ai évoqué plus tard avec René Engen les propositions faites par plusieurs personnes pour participer à la rançon, il m'a répondu : « *D'abord, toutes les démarches n'étaient pas désintéressées, enfin, et surtout, les policiers nous avaient donné des consignes très fermes pour ne pas payer la rançon. Selon eux, c'était à la fois néfaste à l'enquête et à vous-même. Je n'avais pas lieu de mettre en doute leur compétence ni les moyens de me soustraire à leur volonté.* »

Tout au long de ma captivité, il m'aura bien fallu écrire une cinquantaine de lettres dont une quinzaine, je crois, sont parvenues à destination. Le ton en était généralement indigné quant à l'inanité des efforts que l'on faisait pour me libérer. Une fois de plus, sous la dictée et de moi-même, j'étais pénétré de l'idée que les méchants étaient les bons. Durant le procès, j'ai appris que l'on avait même donné un nom à ce phénomène : le syndrome de Stockholm... Un tel syndrome pouvait trouver amplement à s'alimenter dans les contradictions et conflits que je rapportais, sous cette tente, du monde qui avait été le mien jusqu'à ce qu'un motocycliste se mette à zigzaguer bizarrement dans une contre-allée de l'avenue Foch.

Qui suis-je alors? Quelqu'un, après tout, dont l'enlèvement et l'éventuelle disparition sont susceptibles d'arranger pas mal de monde. Il n'est pas interdit d'imaginer qu'à l'intérieur d'un grand groupe la disparition d'un chef provoque un certain appel d'air. Ne suis-je pas, de tout temps, quelqu'un qui gêne? Je ne réponds pas aux critères d'un grand manager classique. Je n'ai pas le profil d'un polytechnicien, d'un ingénieur des Grandes Écoles ou d'un breveté de l'ENA pour qui le service de l'État prime sur la marche de sa propre société. Moi, ma société a toujours primé sur l'État, même s'il m'a fallu parfois m'incliner. Ma société d'abord : c'est pour cela que je suis payé. Or cette séparation n'est pas très claire en France, c'est le moins qu'on puisse dire. Et cette philosophie, je l'ai abondamment développée devant les représentants des pouvoirs publics : elle a « agacé » de Gaulle, suscité les réactions de Georges Pompidou, de Michel Debré, de Valéry Giscard d'Estaing. Elle m'a visiblement placé en dehors des mœurs habituellement pratiquées, d'où le danger constant, vu mon poids économique, de me voir vendre une partie de mon bien à une grosse multinationale à la direction étrangère. Et les hommes que je viens de citer ont fort bien compris, sur le terrain, que j'en suis capable, si c'est nécessaire. Depuis plus de dix ans, je suscite donc méfiance et inquiétude. Même si l'on est désolé de ce qui m'arrive, considérerait-on comme une catastrophe que je disparaisse de la circulation?

N'allez pas aussitôt croire que j'accuse les pouvoirs publics de l'époque – au demeurant en pleine période électorale – d'avoir manigancé ou accueilli avec joie mon enlèvement! Je raconte simplement ici ce qui s'est passé et ce qui se passait, pourquoi pas, dans ma tête. Car les effets de ce fameux syndrome de Stockholm sont si vicieux que les divagations de ses victimes ne sont, parfois, pas très éloignées de la réalité : quand je suis sorti de cet enfer tous azimuts, René Engen m'annonça qu' « on » l'avait chargé de me convaincre (« on », c'est-à-dire des gens du groupe et d'autres du pouvoir) qu'il serait bon pour tout le monde que je m'éloigne « momentanément » – c'est-à-dire définitivement – des affaires.

Les activités « à l'extérieur » – je l'ai appris évidemment plus tard – ont repris au moment de l'affaire dite « de Megève ». Il s'agissait d'une opération de remise d'une fausse rançon afin d'attraper mes ravisseurs. Le « coup » avait été mis au point par les policiers avec la collaboration de René Engen. La rançon étant fausse, les exigences (90 millions de francs) des ravisseurs sont acceptées. Une telle somme en billets représente trois valises de quatre kilos. Le 22 février, un membre du groupe doit les porter à l'hôtel du Mont d'Arbois où est fixé un rendez-vous. Le porteur en question est en réalité un policier. Mais la Haute-Savoie est envahie par les policiers qui s'abattent sur le département comme un vol de sauterelles. Le traquenard est si gros que personne ne se rend à Megève pour chercher les valises. Sous ma tente, je comprends que quelque chose s'est passé :

– *Ces cons de flics, ce con d'Engen, ils ont cru qu'on allait plonger.*

Ils sont furieux. Pas seulement parce que l'opération a échoué, mais aussi parce qu'ils en ont plus qu'assez : à peu de choses près, leurs conditions de détention dans ce lieu effroyable sont en somme aussi détestables que les miennes. J'entends qu'on va chercher une nouvelle planque, plus confortable pour eux – et pour moi, je l'espère. Et l'événement se réalise. Un beau jour, on me transfère, on me sort de mon trou. Cagoule, menottes, sparadraps... En route. C'est la première fois depuis un mois que je marche : j'éprouve beaucoup de mal à y parvenir. On m'a donné une paire de bottes. Dehors, il y a une couche de neige assez épaisse. Nous parvenons à une voiture où l'on m'installe à ma place habituelle : le coffre. Nous démarrons :

– *Mets-toi en code.*

Nous roulons une demi-heure environ, ralentissons et décrivons une trajectoire dans ce qui, au bruit des pneus sur le sol, peut être une cour de ferme. On me saisit sous les épaules et sous les jambes, on me dépose dans une caisse, on rabat le couvercle, on le cloute. Dedans, je pense : « *Rien de pire n'aurait pu m'arri-*

ver.» Je sens que la caisse est saisie et hissée par un engin de levage, elle monte – et moi avec – au ciel, mais quel ciel? Un ciel qui doit bien se trouver à une dizaine de mètres en tout cas. La caisse est saisie à une extrémité et rentrée dans un lieu qui résonne, peut-être un hangar. J'entends le bruit d'une porte coulissante donnant sur l'extérieur. Autour de moi, on s'affaire mais on ne semble pas pressé de me sortir de ma boîte. Je constate avec plaisir qu'il fait chaud. Je dirais que nous sommes dans un séchoir à grain. Enfin, on m'extirpe de la caisse et l'on m'installe dans ce qui doit être un petit réduit car le son y est plus étouffé. J'ai toujours les menottes aux poignets et un collier de chien métallique relié à un mur par une chaîne m'enserre le cou. Mais, ô luxe, plus de menottes aux chevilles.

– *Quand on sera partis, tu pourras retirer ta cagoule.*

Je les entends disparaître par un petit escalier qui grince fort. Je retire ma cagoule, ô nouveau luxe, et je regarde : à la lueur d'une petite lampe électrique, installée à même le sol, assis sur un vrai matelas et non sur ce pneumatique qu'il fallait tout le temps regonfler, je vois un petit espace de trois mètres sur deux, encapuchonné sous une bâche de toile verte à travers laquelle disparaît la chaîne qui me tient au cou.

Pour moi, c'est un palace. Je pense en même temps que si l'ordinaire s'améliore ainsi, c'est que le séjour risque de durer plus longtemps que prévu. Mais enfin, c'est la vie de palace : on m'apporte tous les journaux, des plats chauds, poulet, steack... Dehors, j'entends des bruits de basse-cour. Il fait chaud : je suis simplement vêtu d'un slip. Et c'est dans cette tenue que je me demande chaque jour quel événement va bien pouvoir me sortir de là. Par rapport à ma prison nº 1, c'est le bonheur. Par rapport au temps qui passe... Dans les journaux, mon cas apparaît de-ci de-là dans des filets de troisième page. Mes conditions de détention s'adoucissent, ma résistance morale s'amollit.

– *Tu vois, t'es bien, ici.*

On vient de m'apporter une petite télévision avec antennes orientables. Oui, je suis pas mal, ici. Mais côté hygiène, j'ai encore le seau jaune pour voisin de chambrée, une dégaine de clochard et il m'est toujours interdit de me lever. Quant à la télévision, rien de ce que j'y vois ne parvient à capter mon attention. C'est quelque chose qui fait du bruit et, quand je parviens à y fixer mon regard, la réaction est douloureuse : ce sont des images de liberté, des gens au bistrot, qui parlent, trinquent ensemble, prennent leur voiture. La liberté, elle est derrière la vitrine, elle marche sans arrêt derrière le petit appareil immobile. Et quand on parle de moi, c'est pour dire : affaire Empain, toujours pas de nouvelles.

Pourtant, les nouvelles, pendant un mois, on n'en a pas manqué. On peut dire qu'il y a eu de quoi lire, durant quelques semaines, sur la vie édifiante d'Édouard-Jean Empain, dit Wado. A voir et à entendre. A boire et à manger. Tellement dit, raconté et écrit que, même si mes geôliers décidaient de m'abattre maintenant, ils n'auraient plus grand-chose à tuer : on m'a déjà bousillé ma vie. Scandale? Oui, oui, je connais : j'ai encore mieux que la définition du dictionnaire. Moi qui, par instinct puis par choix, ai depuis toujours préservé ma vie du bruit et du scandale, je suis tombé en plein dedans. Sans rien en savoir.

Mais pour mieux faire comprendre à mes lecteurs le

choc de la rencontre entre ce que je suis et le scandale, je vais peut-être reparler de moi, plus intimement encore que je ne l'ai fait jusqu'à présent.

J'ai déjà expliqué à quel point une vie régulière et organisée est nécessaire à mon bon « fonctionnement ». C'est totalement lié à mon caractère. Assister à un conseil d'administration était pour moi un devoir. J'ai un sens du devoir très développé allant de pair avec mon horreur des reproches. Toute ma vie, j'ai pris soin d'éviter de me faire reprocher quoi que ce soit. Je suis donc irréprochable et fais tout pour le demeurer.

Mais comme beaucoup de gens irréprochables, j'ai un vice. Du moins ce que les autres appellent un vice. Le mien est le jeu. Comme toujours, dans mon cas, il s'agit d'un « vice » organisé : casino au mois d'août, poker le dimanche soir, le reste de l'année. Je ne « sèche » jamais mes obligations professionnelles ou familiales pour satisfaire à mon vice. Bien entendu, une telle passion implique une certaine discrétion dans les habitudes, un repliement sur un cercle restreint d'amis. En effet, moins je vois de gens, moins je risque d'encourir les reproches de quiconque. Donc, casino entre le 1er et le 30 août, et le poker hebdomadaire.

Le poker, c'est une passion très ancienne. A 12 ans, je devais déjà y jouer. C'est, comme les échecs, un sport. Un sport qui change du jeu de mammouth des négociations industrielles : contrairement à ce que l'on pourrait penser, ce jeu-là n'a rien à voir avec le poker. Les qualités de négociateurs sont en effet gommées par toutes sortes d'examens de dossiers et de consultations d'avocats. C'est à peu près comme si vous passiez un examen d'anglais avec un dictionnaire : on ne verrait pas votre éventuel talent. Le poker est tout autre chose.

La qualité essentielle du joueur est sa rapidité, sa vitesse de réaction. On a deux secondes pour relancer, il faut du réflexe, de l'impassibilité et une grande psychologie. En d'autres termes, il faut sentir les autres. C'est ainsi, par exemple, que tout joueur a une « bête noire » qu'il ne bat que très rarement. C'est un phénomène de domination psychologique. Je me suis toujours bien senti dans ce petit cercle de six à neuf personnes. Les séances avaient lieu à Paris. Parmi nos compagnons de jeu, la presse a notamment cité Bouvard, Montand, Lantéric : il y en avait d'autres. L'essentiel pour tous était qu'entre le début et la fin de l'année, les différences entre gains et pertes soient aussi faibles que possible. Sinon, notre cher combat aurait cessé, faute de munitions.

Je m'exprimerai plus loin sur le casino : disons, pour le moment, que j'observe, sur ce point, les mêmes règles qu'au poker. Je ne dois encourir aucun reproche, ce qui est également le principe auquel j'obéis en affaires. Je suis un conciliateur de nature car tout ce qui peut ressembler à un clash me met extrêmement mal à l'aise. Pas de reproches, surtout pas de reproches. Rien de ce que je fais n'étant dû au hasard, qu'on n'aille pas me pinailler sur la couleur de ma cravate ou mon goût du poker. Qu'on me laisse en paix. Moi, je n'agresse jamais personne. Même la trahison, à laquelle il me semble avoir goûté, ne me touche pas. Je n'en fais pas reproche.

D'ailleurs, l'organisation de mes réseaux d'amitié est très particulière. J'ai plusieurs cercles d'amis, très cloisonnés : ceux des dix jours de Noël à Megève; ceux de la Côte-d'Azur en été, entre Cannes et Monte-Carlo; mes six amis de chasse, que je ne vois qu'entre septembre et janvier. Je vois chacun de ces groupes parce que j'entretiens avec eux une bonne entente dans le cadre d'une certaine activité, en un certain lieu. Et, bien entendu, dans chacun de ces cadres, je ne suis soumis à aucun reproche : la relation est intacte.

Je ne fréquente donc jamais ensemble les membres de l'un ou l'autre de ces cercles : il n'y a pas de noyau central où tout le monde pourrait se retrouver. Les seuls « compatibles » entre eux sont les gens du poker et ceux du casino. J'ajouterai qu'aucune relation d'affaires n'est jamais née d'une relation amicale.

Dans ce système de caissons étanches, personne ne me connaît, ou, plutôt, chacun ne connaît de moi qu'une facette. Ce qui explique l'effroyable perturbation qu'a été pour moi mon enlèvement, car tout a été mélangé. Une véritable déflagration que j'ai vécue comme un viol, une mise à nu sur la place publique. Dans les aspects les moins tragiques, ce pouvaient être mes amis du Midi, apprenant soudain que je possédais une chasse et me disant : «*Alors, tu ne nous a jamais invités à chasser?* » Ils avaient le sentiment que j'avais trahi leur amitié en leur cachant une partie de ma vie et je ne supportais pas le reproche qu'ils m'en faisaient. Notre relation était détruite. En faisant son travail, qui consistait à visiter chacun de mes « caissons étanches », la police a tout fichu par terre. Elle a confronté des témoignages qui venaient d'une case ou d'une autre, chacun ayant de moi sa propre image et on ne me voyait pas le même à Megève (case sport) ou à Paris (case poker). Bien évidemment, la police a trouvé des traces de liaisons que j'avais pu avoir : de ce côté-là, on décrivait un Empain en jean's et blouson, alors que ma femme parlait d'un Empain en cravate.

Les policiers ont cherché partout, y compris dans un petit studio de la rue Lord-Byron où j'aimais bien me retrouver, un jardin secret connu de moi seul, avec des bouquins et des souvenirs. Certes, cette descente avait lieu dans la perspective que je ne reviendrais jamais dans ce studio, mais pourquoi y avoir fait venir ma femme? Était-ce vraiment utile, vraiment délicat? J'ai toujours joué des rôles dans ma vie, toute ma personnalité dépend de ce compartimentage qui me permet de m'équilibrer. J'avais un rôle rue d'Anjou, j'en avais un autre chez moi, ou en été, ou à la chasse; la rue Lord-Byron était l'endroit où je ne jouais pas de rôle. Cette descente m'a beaucoup choqué quand je l'ai apprise à ma libération. Soudain, je prenais conscience des dégâts : durant dix jours, j'ai eu l'impression que tout ce qui faisait ma vie s'écroulait, pan après pan. C'était l'apocalypse, il ne restait plus rien. Il m'a fallu tout reconstituer.

Des gens que je vois aujourd'hui, il y en a peu de ceux que je voyais avant 1978. Peu de choses ont été préservées, très peu. La « cellule chasse » a été épargnée en partie. Durant mon « exil » à New York en 1978, j'avais également organisé un petit club d'amis. Mais à Paris, ce fut la dévastation. Vingt ans d'amour, de tendresse, d'amitié avec ma femme n'y ont pas résisté. Devant Sylvanna je n'étais plus irréprochable et tout était brisé. Depuis, nous sommes séparés. Je la vois régulièrement, nous sommes les plus grands amis du monde et je la considère comme une sœur qui m'a été fidèle dans l'épreuve.

On a dit et écrit que ce rapt, les conditions effroyables de ma détention, m'avaient physiquement brisé et moralement détruit : c'est faux. Que je ne serais jamais plus le même homme après : c'est vrai. Ce qui est faux n'est pas que j'ai été démoli moralement : je l'ai été. Ce qui est faux c'est que je l'ai été du fait de ma claustration, des mauvais traitements, du doigt coupé, des vingt-deux kilos perdus, de la peur, de la souffrance.

Au fond, cette partie spectaculaire est sans importance : si l'on m'avait séquestré dans une chambre d'hôtel cinq étoiles, le résultat aurait été le même. Ce qui a fichu ma vie par terre, ce ne sont pas les ravisseurs et leurs méthodes brutales, c'est le scandale. Tout bonnement.

Dans l'exercice légitime de leur métier, les policiers n'ont pas été les seuls, en effet, à faire des dégâts. Dans l'exercice du leur, même avec les meilleures intentions (mais pas toujours), les journalistes aussi ont fait des ravages. Une grande famille, une grande fortune, un rapt : il y avait déjà les ingrédients nécessaires à la mise au point d'une légende tragi-comique à mi-distance entre le Châtelet et le Grand Guignol. Je suis né à Budapest? D'une mère hongroise, bien sûr. Eh bien non, c'est faux, ma mère est américaine. Détail sans importance... Détail très important, en revanche : quand mon père l'a rencontrée, ma mère était danseuse nue. C'est exact. Mais ce détail connaît un tel succès qu'on a l'impression, finalement, que les danseuses nues sont un des sujets d'intérêt essentiels de la dynastie Empain. Comme, par ailleurs, je suis riche et que j'appartiens à la catégorie des blonds aux yeux bleus, je suis aussitôt classé (X) play-boy dans la catégorie du fêtard sournois qui se cache pour faire la bringue dans un monde interlope.

Je joue au poker et au casino? Exact encore. Mais

ce ne peut être qu'en fréquentant des truands ou des personnages douteux dans des tripots clandestins. D'ailleurs, n'y aurait-il pas entre ces relations incertaines et mon enlèvement bizarre un lien qu'il reste à déterminer? Vous allez me dire que j'exagère et que cela reviendrait à assimiler la vieille dame qui se fait voler son sac aux voyous qui la dépouillent... Voyons si j'exagère : « Le baron, qui était joueur, aimait à s'encanailler autour des tables de poker de la station (Megève) avec des truands lyonnais. Que fait un homme du monde quand il veut jouer gros? Il tape la carte avec des assassins en tout genre. (...) La rançon serait-elle destinée à régler les arriérés d'une dette de jeu? » Il s'agit d'un article signé Jean Weber, paru dans *l'Humanité* du 25 février 1978. L'auteur ne se demandait pas un instant si une dette de neuf milliards de centimes au poker était raisonnablement envisageable. Il est vrai que ce n'était ni son souci ni celui du journal dans lequel il s'exprimait si élégamment.

Mais il n'y a pas que dans les colonnes de *l'Humanité* que la « piste des jeux » a été plus ou moins sérieusement invoquée ou envisagée. Tel personnage du beau monde – celui que, justement, je ne fréquentais pas – se serait même écrié à l'annonce de ma mutilation : « *Le petit doigt? Mais c'est la punition des tricheurs* »... L'histoire de ma dette au casino de Palm Beach arriva également dans les journaux, mais celle-ci me fit d'autant plus de tort qu'elle était basée sur une vérité : j'avais, l'été précédent, perdu une très importante somme au Palm Beach. Pour comprendre à quel point cette affaire a pu me nuire, il faut se rappeler ce que je représentais au moment de mon enlèvement comme patron du groupe Empain : un chiffre d'affaires total de 26,5 milliards de francs pour 1977, 134 000 employés, quatre grosses branches d'activité – métallurgie et sidérurgie, constructions mécanique et navale, génie civil et travaux publics, construction électrique – un secteur bancaire et un autre ingénierie : vous imaginez l'effet quand le grand public et le monde financier apprennent que le patron joue l'argent des ouvriers dans des tripots ou au casino!

Or, tout cela était faux. J'aurais effectivement pu – tout est possible, après tout – jouer au poker ou au baccarat dans un tripot lyonnais ou une arrière-salle à Pigalle. Mais je joue au poker avec des amis ou au casino à la grande table du Palm Beach, temple du jeu en France et établissement appartenant à une banque nationalisée. Ça, c'est un premier point. Second point, je n'ai jamais « joué l'argent des ouvriers ». Les casinos où je me rendais ne pouvaient accepter autre chose que des paiements tout à fait officiels, ce n'étaient pas des tripots. J'ai toujours tiré des chèques sur mon compte personnel, non sur celui de la société Empain-Schneider comme certains ont fait mine de le penser. Je jouais de l'argent gagné par moi, par personne d'autre que moi et sur lequel j'avais payé mes impôts. Troisième point : étant riche et aimant jouer, je jouais gros. Je jouais gros, gagnais gros, perdais gros. En août 1977, j'avais donc perdu une forte somme au Palm Beach. Cette somme restait en dette au moment de mon enlèvement, ce qui s'était déjà produit l'année d'avant. Comme elle était importante, la direction du casino m'avait accordé un délai. Certes, si j'avais payé avec un chéquier du groupe Empain, je n'aurais pas eu de problème, mais, comme je l'ai déjà dit, c'est avec mon argent à moi que je m'acquittais et je suis tout de même moins riche que le groupe.

Lorsque je suis passé à *l'Heure de vérité* de Jean-Pierre Elkabbach et Alain Duhamel à l'automne 1980, mes interlocuteurs ont beaucoup insisté sur mon côté joueur, qui, décidément, a presque surclassé mon enlèvement. Ils m'avaient demandé : «*Avez-vous perdu 10 millions de francs au Palm Beach?* » Et il est vrai que c'est la somme qui avait été mentionnée dans plusieurs articles sur « la piste des jeux » parue au moment de mon enlèvement. Non seulement la question était brutale – Elkabbach et Duhamel faisaient leur boulot, j'en conviens – mais l'information était fausse. La plus grosse somme que j'aie jamais perdue en un soir est de deux millions de francs et j'estime qu'elle est assez lourde pour qu'il soit inutile de monter jusqu'au milliard de centimes. En revanche, il m'est arrivé de gagner dix millions de francs. Mais ce sont là des extrêmes : en moyenne, je jouais entre cent mille et trois cent mille francs.

Quoi qu'il en soit, on imagine sans peine l'effet qu'a pu avoir cette « piste des jeux » auprès de tous ceux qui l'ignoraient : ma famille, mes collaborateurs, les pouvoirs publics, le monde industriel et financier, l'opinion... Présenté de la sorte, moi étant au trou et empêché de me défendre, mon dossier m'attendait à la sortie. Cette « piste » était-elle sérieuse? Dans la version de *l'Humanité* et de certains autres journaux, non. En revanche, on avait fort bien pu me voir fréquenter des salles de jeux et en déduire que j'étais un homme riche. Mais on aurait fort bien pu le savoir ailleurs qu'en fréquentant les salles de jeux. Alors, s'il s'agit d'une piste, ce n'est sûrement pas la piste des

Sioux, voilà tout ce que je peux en dire : je n'en sais pas plus.

La seule chose dont je suis persuadé, c'est que cette histoire des jeux, comme d'autres surgies durant l'enquête, a contribué à un phénomène particulier dont j'ai pu faire l'expérience à mon retour à l'air libre et qui se présente comme une variante intéressante du syndrome de Stockholm : je croyais revenir en tant que victime et l'on m'accueillait comme un accusé. J'aurai l'occasion d'en reparler.

Retournons maintenant à mon trou. Mon trou dont je ne sais pas comment ni dans quel état je vais en sortir et dans lequel j'ignore ce qui m'attend une fois ma liberté retrouvée. Mon trou où je suis encore innocent. D'ailleurs, cette innocence est préservée : depuis que j'ai les journaux et la télé, on ne parle presque plus de mon affaire. Dans ma prison nº 1, la nourriture, détestable, était si rare et si parcimonieuse que je n'en laissais pas une miette. Dans ma prison nº 2, c'est différent. Je mange tout à fait à ma faim, je suis même extrêmement gâté, si bien que parfois je laisse des choses dans mon assiette. Mes geôliers me gâtent tellement qu'ils vont commettre une dangereuse erreur dont je ne profiterai pas : un jour, sur le plateau de mon dîner, on a déposé un gâteau dans sa petite pyramide en papier. Comme je n'ai pas faim et que je suis dans un état de semi-torpeur, je pousse dans un coin le gâteau dans son emballage, sans même y toucher. Le lendemain, j'entends qu'on monte précipitamment l'escalier. Je coiffe ma cagoule et j'attends :

– *Pourquoi t'as pas touché au gâteau?*

– *Parce que je n'aime pas les gâteaux. Et maintenant que vous me nourrissez bien, je n'ai pas faim.*

Il y a dix jours, j'aurais bouffé le papier avec...

– *Mais t'as regardé l'adresse de la pâtisserie sur le papier?*

– *Non, pas du tout.*

Et je me dis que si le fait que j'aie pu lire l'adresse sur l'emballage les inquiète tant, c'est qu'ils n'ont peut-être pas l'intention de me tuer, même au cas où les choses se passeraient mal.

Le lendemain, des pas montent l'escalier en dehors des heures de repas, ce qui veut dire qu'on vient me parler. Je remets ma cagoule.

– *L'endroit n'est pas sûr, on va te transférer.*

Le transfert a lieu à la nuit. On me remet dans ma caisse avec tout mon arsenal de cagoule, de sparadrap et menottes, on cloute le couvercle, je suis descendu par l'engin de levage, on me tire de la caisse, on m'installe dans un coffre de voiture. Routine. Nous démarrons, nous roulons et nous arrivons à ma prison n° 3. L'enquête déterminera qu'elle se trouve à Savigny-sur-Orge. Ma prison n° 2, on ne parviendra jamais à découvrir où elle était. Je saurai également plus tard que nous sommes dans un pavillon de banlieue. On m'enferme dans le garage où je retrouve ma tente, un vrai matelas et aussi la télévision. Il y a également une petite lampe de chevet et un transistor. On doit avoir désormais confiance en moi, car je n'ai plus que le collier à chaîne autour du cou, lequel est d'ailleurs amplement suffisant pour prévenir toute tentative d'évasion. Mes gardiens m'apportent même des livres. Quels livres? Devinez... Bouquins pornos, Série Noire, romans policiers, bons et méchants. Je lis ces derniers avec une petite amertume : ces histoires ne me dépaysent pas vraiment.

Le lendemain de mon arrivée, un pas nouveau à mes oreilles retentit dans le garage, c'est une voix joviale à l'accent méridional qui me parle :

– *Édouard, tu es ici chez toi. Est-ce que t'as tout ce qui te faut? Vrai, c'est pas une situation agréable, mais si je peux faire quelque chose...*

Cela aussi, je l'apprendrai « après » : je suis chez « M. » Bertoncini. C'est un homme qui respecte les lois de l'hospitalité : je suis son hôte dans le pavillon qu'il a loué avec son argent. Son métier? Receleur. Mais sa réputation dans le milieu, il la doit à sa spécialité : le vol d'automobiles sur commande. Le client peut tout lui demander : modèle, couleur, année. Au procès on lui demandera :

– *Vous en voliez combien?*

– *Les deux dernières années, j'ai dû faire un chiffre d'affaires de cinq cents voitures.*

Au banc des accusés, je voyais un petit homme d'une quarantaine d'années, vif, brun, affable. Il n'avait pas du tout le sens du légal ou de l'illégal. C'était un professionnel consciencieux, fier de son travail. Son garage sera mon dernier lieu de détention. Je suis très réconforté en saisissant une conversation entre mes gardiens :

– *Il ne se passera rien avant les élections.*

Durant quinze jours, je sais que je ne risquerai rien, les élections n'étant pas une période propice à la « négociation ». Quinze jours de calme psychologique, c'est un luxe.

Et la routine de l'attente reprend : bouquins, journaux, télévision. Un jour, Bertoncini m'apporte *VSD* : « *J'ai lu quelque part là-dedans que tu étais actionnaire.* » Bertoncini est véritablement un hôte attentionné :

un matin, il apporte dans ma tente une bassine d'eau chaude et une serviette. Je ne peux pas vraiment procéder à une grande toilette, mais, au moins, parer au plus pressé. L'équation à résoudre cette fois-ci n'est plus liée à un problème de chaînes : comment se laver, mais aussi comment se rincer dans une seule bassine d'eau chaude et ailleurs que sur le matelas. J'ai droit maintenant à la bassine d'eau chaude deux fois par semaine. Au bout du compte, c'est très coquet. A ma libération, les médecins de l'hôpital américain de Suresnes seront sidérés que je n'aie pas attrapé la moindre maladie de peau.

C'est aussi dans le garage de Bertoncini que j'ai retiré le pansement de mon doigt. Je regarde : aucune infection, aucune douleur, une petite croûte qui partira en quelques jours, c'est tout. Aujourd'hui, je n'ai aucune cicatrice. La seule chose qui tranche avec la vie calme d'un pavillon de banlieue, où l'on reçoit un ami dans le garage avec le maximum de confort : mes gardiens sont toujours armés jusqu'aux dents. Ils me montrent leurs armes, m'invitent à les manipuler, à les regarder. Belle panoplie : kalachnikov, revolvers, pistolets, fusil à lunette, belles armes entretenues avec grand soin. Bien entendu, quand j'écris que mes gardiens me montrent leurs armes, eux ne se montrent pas : ils me les font admirer en les passant par l'entrée de la tente à peine entrouverte. Mais c'est tout à fait sympathique de leur part.

Je passe donc deux longues semaines de calme relatif et d'ennui absolu. Les journaux, la télé, les heures de prostration qui ne sont plus des heures, mais du temps à l'état brut. Un temps où je loge mes pensées obsédantes et aussi une question plus aiguë maintenant que lors des conditions inhumaines de mon premier lieu de détention : « Qu'est-ce que je fais ici? » En effet, en pyjama sur un matelas avec une chaîne au cou, dans ce petit confort, cette petite misère, à la lumière de cette petite lampe, plus rien ne ressemble à rien : aurais-je changé de métier, de passé, de mémoire? D'ailleurs, dans les journaux, je n'existe plus.

Et puis, un jour, bruits de pas, une voix à l'extérieur :

– *La remise de ta rançon aura lieu le vendredi saint, vers 19 heures. C'est demain.*

Une journée d'attente, puis, de nouveau, l'escalier qui grince, les pas qui s'approchent :

– *Cagoule!*

Je mets ma cagoule; à l'extérieur, j'entends sauter un bouchon de champagne, puis la tente qu'on ouvre :

– *Tends la main et ne renverse pas.*

Je tends la main, la tente se referme.

– *Tu peux y aller.*

De ma main libre, je retire ma cagoule. De l'autre, je tiens une coupe de champagne. Alors, la voix de Bertoncini :

– *Ça y est, on a touché la rançon et on va être en mesure de te libérer. A ta santé, Édouard?*

– *Quand ça, me libérer?*

– *Écoute, il faut d'abord préparer nos planques, nos retraites, tout ça... Ça se passera probablement demain soir.*

Les pas s'éloignent, mes gardiens sortent, le cocktail est fini.

Je suis bien étonné qu'ils aient fini par toucher l'argent de la rançon, mais après tout... A l'extérieur, je connais beaucoup de gens très riches et de plus, je l'apprendrai par la suite, mes ravisseurs ont baissé leurs prétentions à 40 millions de francs.

Vers 8 heures du soir (c'est la télé qui me sert d'horloge), juste avant le journal, j'entends la voix de Bertoncini, différente de l'ordinaire :

– *Mets ta cagoule, on te retire tout.*

On me retire tout, en effet, c'est-à-dire la télévision, le transistor et les journaux. Je pense que cette mesure entre dans le cadre des préparatifs aboutissant à ma libération. Mais au-dessus, dans ce qui doit être le salon de la maison, où l'on me retient, j'entends beaucoup de pas allant et venant, toute une agitation, des sonneries de téléphone, et, dehors, des aller-et-retour de voitures. Décidément, les préparatifs de dégagement s'intensifient. A la nuit, tout se calme.

Le lendemain, celui dont j'identifierai plus tard la voix pour être celle de Guillon passe le bras à l'intérieur de ma tente et y jette un journal.

– *Tiens, lis...*

La « une » du journal est barrée de très gros titres. Cette fois, on parle bien de moi, mais je blêmis en prenant connaissance des événements : la veille sur l'autoroute, à la hauteur de l'Hay-les-Roses, une fusillade a éclaté entre les policiers qui avaient tendu une souricière et ceux de mes ravisseurs chargés de toucher la rançon. L'un d'entre eux, Daniel Duchateau, est mort, un autre est entre les mains des policiers. Pour moi, c'est une catastrophe. Je me dis que tout est foutu, que c'est dommage qu'ils ne m'aient pas tué dès le début de mon enlèvement : 63 jours pour en arriver là... Autour de moi, silence total, personne ne vient. Je ne sais plus où j'en suis. Une chose est sûre : après ce coup-là, jamais plus la rançon ne pourra être payée.

Ce samedi-là, dans l'après-midi, c'est la voix de Guillon (et non celle, joviale, de Bertoncini) qui vient me dire :

– *Écoute bien. Il va y avoir un vote. Tu as lu ce qui s'est passé, tu as compris où on en est. Il n'y a plus que deux solutions : on te tue ou on te libère. C'est devenu trop dangereux de te garder; pour la rançon, c'est foutu. On a des opinions différentes sur la marche à suivre, on va se réunir pour voter : je reviendrai te dire.*

Le soir, on m'apporte un repas : je n'y touche pas. Et malgré une puissance de sommeil jamais en défaut, je ne ferme pas l'œil de la nuit. Non seulement je me retrouve soumis à une sorte de roulette russe du condamné à mort, mais, en plus, je me sens coupable du meurtre de mon ravisseur puisqu'il a été tué par « les miens », qui, d'ailleurs, en passent actuellement un autre à la question. Et je ne me trouve aucune circonstance atténuante : c'est comme si j'avais trahi.

Le dimanche, avant midi, la voix de Guillon encore :

– *Écoute, avant de te donner le résultat du vote : tu te rappelles, durant ta captivité, tu nous as tenu des raisonnements à toi? Bon, moi en captivité, toi tu peux payer. Toi à l'intérieur, ici, tu peux pas. Alors si on te relâche, tu payes ou pas? Évidemment, si tu dis non, on te supprime.*

– *Moi, je paye.*

– *Bon, on n'est pas forcés de te croire sur parole. Alors voilà ce qu'on va faire : on sait te joindre où et comme on veut, d'accord? Donc on va te faire signer trois reconnaissances de dette pour un total de 45 millions de francs chacune et...*

En moi-même, je pense : « Le prix de la pension est élevé. »

– ... *on va te laisser un peu de temps pour réunir la somme. Notre nom de code sera Marika. Et fais bien attention : si, au premier appel, tu ne t'exécutes pas, dans les vingt-quatre heures qui suivent nous tuons une personne au hasard dans la rue et nous accrochons sur son dos ta reconnaissance de dette et ainsi de suite jusqu'à la troisième.*

Après m'avoir mis en main ce marché monstrueux, Guillon me dit que le résultat du vote a donc été, finalement, de me libérer. Mais à quel prix! Et là, je ne parle pas du prix de la « pension » mais de l'avis de recouvrement. Guillon est assez en veine de confidences, d'ailleurs. Avec une certaine complaisance, il m'explique que la décision a été prise à une courte majorité. Ceux qui ont voté pour ma relaxation étaient en contact quotidien avec moi. « *Pour nous autres*, poursuit la voix de l'autre côté de la tente, *c'est facile de tuer quelqu'un qu'on ne connaît pas. Mais on ne peut pas tuer quelqu'un avec qui on a vécu pendant deux mois. C'est très difficile, surtout s'il s'est conduit en homme.* » Les autres, c'est-à-dire ceux qui n'étaient pas en charge de ma garde rapprochée, ont opté pour la solution de sécurité, c'est-à-dire pour mon exécution. D'autre part, j'apprendrai ultérieurement que les premiers étaient également les plus proches amis de Caillol, interrogé chez le commissaire Ottavioli. Me relâcher évitait donc à celui-ci d'être également impliqué dans une affaire de meurtre. Et nous en revenons, une fois de plus, à notre syndrome de Stockholm : après ma libération, parler de façon à faire arrêter ces hommes constituait une injustice dont ils seraient fondés à me faire reproche. Ceux qui m'avaient gardé de près et ne pouvaient plus m'abattre étaient l'objet du même syndrome. De l'autre côté du pistolet-mitrailleur.

Pour le moment, je signe ces trois reconnaissances de dette. Je ne les ai jamais récupérées, mais j'en reparlerai plus tard. Puis je communique ma ligne directe de téléphone à mon bureau de la rue d'Anjou à Guillon qui saisit les trois lettres que je lui tends. Sa voix exprime un ton de gravité menaçante. Quand il s'est éloigné, je ne suis pas du tout sûr de m'en sortir vivant. Le soir de ce samedi de Pâques, on m'apporte un plateau-repas : cette fois, pas un mot n'est échangé. Je passe une mauvaise nuit.

C'est donc le lendemain dimanche qu'ils me libèreront, après soixante-trois jours d'hospitalité forcée et me déposeront, cagoule sur la tête, dans cette rue mal éclairée, non loin du métro Porte d'Ivry, un billet de 10 F à la main. Le lendemain, je retrouverai ma femme, les policiers, mes collaborateurs, le monde libre. Quant à ma liberté...

Et voilà, tout est bien qui finit bien. Ici s'achève le récit de ce qu'a été ma vie privée jusqu'à ce qu'elle devienne « grand public ». Oui, c'est tout. Ou presque tout. En effet, il y a toujours deux façons de vivre une captivité : pendant et après. Et le soir où je me retrouve hébété, en survêtement vert, place de l'Opéra, attendant ma femme, je n'ai vécu que la première partie de ma captivité. Je crois que tout est fini. Je ne sais pas encore que le deuxième acte vient juste de commencer. Un acte dont le scénario, à sa manière, est tout aussi corsé que le premier.

CHAPITRE VIII

Chacun d'entre nous a vécu ce phénomène. Avant les grandes vacances, on se dit : je ferai telle et telle chose, pique-nique en bateau, lever tôt le matin pour aller à pied rendre visite aux untels, faire une grande soirée pour le 15 août, etc. Mais entre les résolutions prises avant les vacances, dans la densité des jours de travail, et la façon dont se déroulent les semaines de congé, il y a la plupart du temps peu de choses en commun. Soit parce que l'on est soi-même quelqu'un d'autre une fois sur place, soit parce que la réalité est elle-même bien différente de ce que l'on avait cru pouvoir imaginer à distance. Ce phénomène marche d'ailleurs tout aussi bien dans le sens du retour des vacances.

Personnellement, en ce dimanche de Pâques, place de l'Opéra, je ne revenais pas de vacances, mais je m'étais imaginé mon retour – oh, timidement, pour ne pas contrarier le destin – tout autre que celui qui m'attendait. En fait, dans les mois et les années à venir, j'allais sans cesse revivre mon enlèvement, à plusieurs titres : personnel, familial, social, professionnel.

Quand, dans la voiture conduite par un policier et où Sylvanna m'a fait monter, je suis obligé de faire un scandale pour qu'on me raccompagne chez moi, je crois qu'on va me laisser en paix pour un bout de temps. En fait, arrivant dans le salon de mon appartement au 33 Foch, je tombe sur cinq personnes que je ne connais pas, dont le commissaire Ottavioli, toutes insistant pour me soumettre aussitôt à un premier interrogatoire afin de « *retrouver au plus vite les canailles qui vous ont fait subir ce calvaire* ».

Avant toute chose, j'ai demandé que l'on fasse venir immédiatement de Bouffémont mon labrador, Love, puis, haussant les épaules, je me suis exécuté. Il est alors 10 h 45. Sylvanna m'apporte mon premier steak d'homme libre (il y a énormément de choses que je fais pour la première fois depuis soixante-trois jours) et je commence à raconter mon histoire. Tout en parlant, je trouve que, depuis le début, l'accueil qu'on me fait est curieux, peu chaleureux, j'ai le sentiment de n'être qu'un objet. Je parle donc de ce qui m'est arrivé à ces hommes aussi silencieux que des pierres. Je dois dire environ les trois quarts de ce que je sais. Pour décrire le pavillon de Savigny-sur-Orge où j'étais enfermé, je donne deux détails : il y avait un gosse en bas âge qui pleurait au-dessus de moi et, à l'extérieur, un gros chien (grosse voix), peut-être un berger allemand, aboyant à chaque passage de voiture. Je dis également avoir signé des reconnaissances de dette assez conséquentes à mes ravisseurs, ce qui semble glisser sur mes interlocuteurs.

Peu après ces dépositions, le téléphone s'est mis à sonner en permanence : une alerte générale dont je suis le centre. Tout à coup je comprends que je suis à la fois prisonnier des policiers, de mes proches, de mes collaborateurs. J'ai changé de gardiens.

Je parviens quand même à prendre un bain. Quand j'en sors, Love, qui vient d'arriver de Bouffémont, bondit sur moi : je m'installe avec lui sur un canapé. Love est mon Labrador préféré, je suis bien avec lui, et il ne me quitte pas d'un centimètre : lui ne me garde pas, il me protège. Il a une qualité énorme, Love, il ne me pose pas de questions et semble se satisfaire du présent, c'est-à-dire de mon retour.

En fait, autour de moi, personne ne semble étonné de me revoir. Quand Caillol, l'un des deux rescapés de la fusillade de l'autoroute, a été attrapé, il a appelé du Quai des Orfèvres à Savigny, pour demander qu'on me libère. A la suite de quoi le commissaire Ottavioli a assuré ma femme de mon proche retour. Donc on m'attendait, on savait que j'allais revenir. Mais moi je ne sais pas encore qu'on savait et j'ai l'impression que c'est tout juste s'il ne faudrait pas que je saute au cou de tout le monde pour dire merci. Même aujourd'hui, alors qu'il y a longtemps que tout cela s'est passé, je ressens encore, qu'il me soit permis de le dire, l'extraordinaire besoin d'amour et de chaleur que j'éprouvais comme conditions indispensables pour récupérer mes forces.

Au lieu de cela, on me met au secret : pas question de me laisser interviewer par les journalistes qui, eux, se seraient certainement souciés de mes conditions de détention. Dans ces circonstances-là, on n'a pas envie d'être interrogé, de « se mettre à table ». On a envie de raconter, ce qui n'est pas du tout pareil. A peu de choses près, je suis accueilli comme un suspect. Tout ce que les démarches policières et journalistiques ont mis au jour, avec plus ou moins de bonheur durant mon absence forcée, me fait apparaître comme une version moderne et industrielle de Dr. Jeckyll and Mr. Hyde. A travers les paroles et les silences de mes proches et de mes collaborateurs, je vois qu'on me reproche presque quarante années de ma vie. En filigrane, un immense : « *Vous nous aviez donc caché tout ça!* »

Je suis moi-même terriblement agressif, ne supportant pas la moindre contrariété, désagréable, pas à prendre avec des pincettes et physiquement amoindri. Quand, le lendemain de ma libération, René Engen vient me voir et attaque sur les affaires pour me dire que, de ce côté, rien ne pourra plus être comme avant, je commence à comprendre, à apprendre l'étendue des dégâts survenus en mon absence, tout ce qui a été dévoilé dans les pires conditions.

Si je m'attendais à pouvoir raconter mon enlèvement aux journalistes, c'est bien parce que je pensais avoir mangé mon pain noir durant mes deux mois de réclusion. A ce moment-là, c'est l'essentiel de mes préoccupations : je crois « avoir donné ».

Moi qui ai horreur de me trouver en position d'accusé, je vais être placé en face d'un juge d'instruction faisant son métier et me disant que, dans mon cas, toutes les hypothèses doivent être envisagées, y compris celle d'un autorapt : une hypothèse que j'ai trouvée forte de café. Et ce n'est pas seulement du juge que provient mon étonnement : « *Tu te rends compte dans quel état nous avons été durant deux mois* », me dit mon entourage. Et moi donc! Le quiproquo, le malentendu affectif est total.

Côté affaires, sous des apparences chafouines, les choses sont plus claires. Bien que, durant les premières heures de mon retour à l'air libre, la question du groupe Empain-Schneider ne soit pas du tout mon problème et soit même carrément le cadet de mes soucis, j'y suis vite ramené. Durant ma captivité, on a fait passer auprès des pouvoirs publics (sans mal), de ma famille, dans mon entourage professionnel et même chez le commissaire Ottavioli, l'idée qu'après le scandale soulevé (les femmes, les jeux...), mon retour « comme avant » poserait inévitablement un problème. En mon absence, rue d'Anjou, on a mis au point un système pour faire marcher les affaires du groupe, et Dieu sait si la chose a été difficile à tous points de vue. Enfin, ça commençait à fonctionner et moi j'aurais la mauvaise idée de revenir pour jeter la pagaille dans tout ce beau travail? A moins, bien sûr, que j'aie d'autres idées. Au besoin, on pourrait me les souffler. Comme, par exemple, celle de me mettre à l'écart un certain temps. Et n'oublions pas que j'entends tout cela presque aussitôt après mon retour de « voyage ». Que ce soit ma mère, ma femme, Biérry, Engen, Ottavioli ou Cances, tous ces gens me tiennent un discours commun aux termes duquel je suis devenu indésirable. Ma femme, qui a vécu cloîtrée durant deux mois au « 33 Foch », n'a vu alors que des gens de la police ou du groupe. Tous ces gens-là sont de très haut niveau et ont une grande force de persuasion. Seul mon fils, pensionnaire au collège à Pontoise, qui a été très perturbé mon par enlèvement, viendra me dire qu'il est très content de voir et de retrouver son père.

Quant à moi, je suis enfermé. De nouveau. Il y a quatre-vingts journalistes en bas, devant la porte du 33 Foch, le téléphone sonne de façon ininterrompue : je voudrais aller les voir, répondre. « *On verra ça plus tard, ne reçois aucun journaliste, ne parle à personne,* me dit ma femme. *La police pense qu'il faut faire un mur autour de toi afin qu'elle puisse travailler.* » Je n'ai même pas le droit d'appeler mes amis les plus chers, je suis cloîtré et cette nouvelle prison m'apparaît encore plus abominable que les autres : c'est chez moi. Je vois seulement défiler dans l'appartement mes gardiens habituels, Engen, Biérry, les policiers, avec leurs mots habituels.

Bien entendu, dans ce qu'ils disent, il y a une part indéniable de vérité : après le scandale, engendré par mon rapt, rien ne sera plus, ne pourra plus être comme avant. J'en fais la brutale expérience, heure après heure. Mais, enfin, Biérry et Engen sont des gens dont j'ai fait la carrière et j'ai du mal à comprendre qu'ils puissent me considérer tout à coup comme une pièce rapportée. Édouard, quant à lui, n'est pas venu me visiter. Je le verrai plus tard, avant de partir pour les États-Unis. Décidément, la seule personne, que j'aurai vraiment ressentie comme fidèle durant ces jours de retour, est Mme Lacombe, ma secrétaire.

Bien sûr, tout ce qui se passe est pour mon bien. C'est pour mon bien qu'il me faut désormais considérer d'une autre manière mon rapport au groupe Empain-Schneider. C'est pour mon bien qu'il me faut me mettre au vert du fait de mon image détestable auprès du monde politique, industriel et financier. Tout est pour mon bien. Ma femme elle-même est sincèrement convaincue de tous ces arguments « pour mon bien ». Mais, à part elle, j'ai le sentiment que dans l'ensemble on pense moins directement à mon bien qu'à l'intérêt supérieur du groupe, lui-même étroitement confondu avec toutes sortes d'intérêts particuliers. Du moins si j'en juge par le fait que mes bienfaiteurs héritent de mon autorité.

Durant soixante-trois jours, j'ai eu souvent l'impression que j'étais fichu. Pendant ces dix jours, j'ai l'impression que tout est foutu. Mais je suis tellement déboussolé que je ne comprends même pas qu'on me « fait un lézard » du côté du groupe.

Le 28 mars, quand on m'emmène en ambulance à l'hôpital américain, des journalistes se couchent devant la voiture. Depuis plusieurs jours, ils n'ont pas la moindre information. J'aimerais leur parler, mais c'est impossible : eux aussi sont des « méchants ». Je reste deux jours à l'hôpital. Check-up général. Même dispositif de sécurité qu'au 33 Foch : pas de visites « extérieures », pas de téléphone. Je suis vêtu d'une blouse blanche. Les médecins m'examinent. J'ai perdu vingt kilos, je souffre de symptômes de malnutrution, j'ai des problèmes de vue du fait de mon enfermement dans l'obscurité et ma musculature est faiblarde. Au total, rien d'inquiétant. Je pourrai me rétablir chez moi.

A mon deuxième jour d'hôpital, le commissaire Ottavioli vient me voir. En repérant le numéro composé par Caillol à partir du Quai des Orfèvres, le soir de la fusillade de l'autoroute, les policiers ont retrouvé la maison de Savigny où j'étais retenu en dernier lieu. Le commissaire insiste pour que je l'accompagne afin de vérifier s'il s'agit bien de l'endroit en question. L'hôpital étant littéralement cerné par les journalistes, nous sortons par une porte dérobée, moi revêtu d'une blouse de médecin : le feuilleton continue! Nous arrivons à Savigny où je ne mets pas cinq minutes à identifier ma prison. Sans plaisir excessif. On me pose une foule de questions, ce qui me confirme dans cette impression de suspiscion que je ressens autour de moi. Puis on me ramène au 33 Foch d'où il m'est toujours impossible de sortir. Il semble cependant que les journalistes ont un peu perdu ma trace et ne me cherchent plus avenue Foch. Ma « surveillance rapprochée » se relâche un peu. Je finirai par faire quelques escapades.

La première me porte rue d'Anjou. C'est un jeudi. J'ai toujours eu d'excellentes relations avec les portiers, les huissiers, les chauffeurs, les gardiens de garage. Je crois que tous ces gens sont contents de me voir, de me retrouver, émus et à court de phrases, ne sachant trop que dire. Cet embarras, je le rencontre partout, à mesure que je monte les étages et la hiérarchie. Le seul qui ne soit pas embarrassé est René Engen, mécanique fluide avançant toujours un pied après l'autre : un comportement préparé d'avance, exempt d'improvisation. Cet homme n'évolue jamais en terrain inconnu. Je me rends à mon bureau directorial. Il est vide. Tous mes dossiers, mes papiers ont été pris, emportés. Il n'y a plus qu'un grand meuble nu. C'est sans doute normal, mais l'effet produit est tout de même bizarre. Une porte communique avec le bureau d'Engen. Il se met alors en devoir de m'exposer tout ce qu'il a fait, les mesures qu'il a prises durant deux mois. Je dois avouer que je ne suis pas intéressé outre mesure. Dans l'ensemble, il me donne connaissance de son attitude au cours des dernières semaines avec une froide et parfaite logique. C'est durant les trois premiers jours qu'il a le plus hésité, me dit-il, quand il avait bloqué 30 millions de francs de sa propre initiative, c'est-à-dire avant de consulter les policiers. Mais il m'explique que tant les policiers que les représentants du pouvoir politique l'ont rapidement convaincu qu'il était plus sage de collaborer étroitement avec les gens chargés de l'enquête. Dès lors, il n'a rien fait d'autre que suivre scrupuleusement leurs instructions. A juste titre, il estime que sa spécialité à lui est la gestion d'un certain type d'affaires, de même que les policiers sont spécialisés dans la gestion d'un autre type d'affaires et qu'il faut leur faire confiance. Quant à ceux de mes amis qui ne réagirent pas de la même manière, ils ont été éconduits. René Engen a même eu des discussions vives et dramatiques avec ma femme, mes enfants, ma mère, ma demi-sœur : il a dû rester ferme. En fin de compte, il a eu raison de le faire puisque, après tout, l'affaire s'est terminée au mieux de mes intérêts : je suis vivant et la rançon n'a pas été payée.

Bizarrement, pourtant, je ne suis pas tenté de le féliciter pour sa bonne diligence. Une seule chose me frappe, c'est qu'à chaque fois qu'on évoque mon enlèvement, on ne parle pas de moi mais des difficultés que j'ai causées à la famille, au groupe, aux actionnaires Schneider, aux policiers. Et l'on me parle aussi, bien entendu, de l'effet désastreux des révélations. Il s'agit bien de la chaleur humaine dont je suis désireux! Non, il s'agit d'un changement total de comportement à mon égard, provoqué par mon rapt : durant soixante-trois jours, on s'est occupé de moi sans me consulter, par la force des choses, mais aujourd'hui, le pli est pris et il n'y a aucune raison pour que l'on ne continue pas à s'occuper de moi sans me demander mon avis, comme si mon retour ne changeait rien. Et le paysage est exactement le même lorsque je vois Jean-Jacques Biérry, le fidèle des fidèles, l'homme qui me connaît depuis mon adolescence à Bouffémont, qui a toujours été à mes côtés depuis presque trente ans. Après mon enlèvement, cet homme qui a toujours été parfait, qui ne s'est jamais livré à la moindre manigance, m'accueille d'une manière conforme à tout ce que j'apprécie en lui. Mais, pour l'occasion et pour la première fois depuis que je le connais, je ne comprends pas son attitude. J'aurais voulu qu'il prenne fait et cause pour moi, mais je m'aperçois très vite qu'il ne pourra le faire. Cela aurait voulu dire se fâcher, se couper des gens qui sont contre moi. Au lieu de quoi, il me tient le même discours général. Mais – et la nuance est d'importance – avec infiniment plus de ménagement. Certes, s'il ne dit pas que je dois partir, il ne dit pas non plus que je dois rester. Mais il n'évoque pas le « scandale », ne dit pas que c'est une véritable catastrophe. Bien sûr, si je lui en parle, il ne prétend pas davantage que ce n'est pas susceptible d'avoir des conséquences négatives. En réalité, il ne se départit pas de l'attitude de conciliateur qui a toujours été la sienne. Personnellement, je cherche un avocat et j'aurais pensé qu'il pourrait l'être puisqu'il m'a élevé comme un grand frère, que nous avons des points communs et que sa vie, le poste qu'il occupe rue d'Anjou, ne sont pas désagréables. Mais Jean-Jacques Biérry a tendance à tout niveler, optimisme comme pessimisme.

Après cette conversation avec lui, je me sens incroyablement isolé. Je l'ai toujours vouvoyé, il m'a toujours tutoyé et je nous vois soudain camper dans deux mondes étrangers. Pourtant, je n'éprouve alors pas la moindre rancune à son égard. Pas davantage aujourd'hui, où je le vois toujours : il me tutoie, je le vouvoie, et, à l'heure où j'écris ces lignes, si j'avais tout à coup une affaire très importante à résoudre, un projet, ou bien si quelque chose de tout à fait nouveau se produisait dans ma vie, j'irais en parler à Biérry.

Mais pour l'instant, à ce retour de captivité qui

ressemble de plus en plus à un transfert de cellule, je n'ai toujours pas d'avocat à qui me confier.

Professionnellement, je n'en ai même plus besoin : les choses sont allées si loin en mon absence que la situation est pour moi bloquée dans l'immédiat. Moralement, je suis passablement délabré, abîmé. Mon état nécessite une grosse réparation, Sylvanna, ma femme, a été profondément affectée par cette histoire. Comme on dit, elle en a ramassé un maximum. Elle aussi a payé pour les jardins secrets. Affectivement, d'abord. Ensuite quand on lui a reproché – notamment René Engen – de ne pas avoir tenté de m'empêcher de les cultiver : pourquoi ne s'était-elle pas battue pour me détourner d'aller au casino, de sortir jusqu'à trois heures du matin, etc. Comme moi, elle était coupable... Elle a autant besoin que moi de chaleur. Mais moi, je ne suis qu'en état de demander et de recevoir. Je suis incapable de donner : je suis glacé. Oui, la mère de mes enfants est pratiquement aussi démolie que moi : nous ne pouvons plus nous apporter grand-chose l'un l'autre.

Dans ces temps de crise et de folie, tout est désormais possible et mon « avocat », je vais le trouver chez une femme avec laquelle j'ai eu une liaison cinq ans plus tôt et qui m'est restée très attachée. Cette femme aime tout de moi, le bon comme le mauvais. Pour la première fois depuis mon retour, j'entends une voix me parler de moi-même comme j'ai besoin qu'on le fasse. Elle me dit que je suis un type bien, que je suis intelligent, que j'ai fait une carrière éblouissante, qu'il faut que je me reprenne, me retape... J'écoute sans me lasser.

Le plus extraordinaire en la circonstance est que ma rencontre avec cette femme n'est pas un hasard absolu.

Elle a lieu avec la bénédiction de René Engen, qui a tout de suite compris qu'elle représentait la solution à tous les problèmes. C'est dès notre entrevue du jeudi, rue d'Anjou, qu'il m'en a parlé. Il a tout organisé. Elle habite Lausanne. Il a donc retenu un billet Genève-Londres pour elle, Paris-Londres pour moi, s'est arrangé pour que nos avions arrivent à un quart d'heure d'intervalle, puis a pris deux réservations Londres-New York. La date de mon départ est donc prévue (sur ce point, on prend extrêmement soin de moi) et ce sera le lundi 3 avril, c'est-à-dire huit jours très exactement après ma libération. Ce jour-là, j'ai acquiescé à la proposition de René Engen.

Le lundi, avant de quitter Paris, je cède l'exécutif du groupe en signant une lettre de démission de la présidence d'Empain-Schneider où je propose aux actionnaires de nommer René Engen pour me remplacer. C'est ce dernier qui a préparé la lettre. Je signe pour qu'on me laisse en paix.

CHAPITRE IX

A New York, je descends dans un grand hôtel. Je ne fais rien. Strictement rien. La femme avec laquelle je suis est à la fois ma nurse, ma maîtresse. Elle s'occupe de tout, je récupère. Puis nous commençons à bouger. Trois jours aux Bermudes, après quoi nous traversons les États-Unis pour aller à Los Angeles. Finalement, nous trouvons un hôtel superbe à San Diego, en Californie du Sud, près de la frontière mexicaine. Nous y demeurons un bon mois. Mes contacts avec Paris sont épisodiques : un coup de fil environ tous les quinze jours soit deux appels depuis mon départ. En fait, je me désintéresse de tout ce qui se passe à Paris. J'ai fait le vide complet : plus de famille, plus d'enfants, plus de métier, plus de groupe, plus rien. Je ne suis pas nu, je suis à poil. Ça ne suffit pourtant pas : on va venir me le reprocher à San Diego, en la personne de ma mère, que je vois débarquer un beau jour à mon hôtel.

Si elle a accompli un si long voyage, c'est afin de me dire que j'ai fait beaucoup de tort, beaucoup de mal autour de moi et que je ne peux pas m'en tirer à si bon compte. La presse est pleine de sous-entendus très désagréables, je ne me suis pas préoccupé de l'avenir de mes enfants, quel sera celui de mon fils qui a quatorze ans?...

Je suis stupéfait de cet acharnement à me poursuivre jusque-là, à San Diego, où j'essaye comme je peux de ramasser les morceaux de moi-même. Je comprends vite que ma mère est la messagère d'Engen qui lui a mis par écrit tout ce qu'il fallait me dire concernant ma moralité et mon comportement vis-à-vis de mon fils, celui qui serait appelé un jour à me succéder et dont l'éducation devrait être confiée d'urgence à quelqu'un en France.

Je revois ma mère assise en face de moi, un papier couvert de son écriture, ouvert dans les mains : la liste des griefs à mon encontre. C'est bien l'écriture de ma mère, c'est bien ma mère qui parle, mais ce qu'elle dit, même si elle l'approuve manifestement, n'est pas d'elle. Je reconnais là un autre style, un autre ordre, une autre logique que les siens. C'est du René Engen tout craché. Moi qui ai travaillé dix ans avec lui, même si c'était traduit du chinois, je le reconnaîtrais dans la seconde. J'apprends ainsi que « là-bas » on n'a pas apprécié mon attitude durant la semaine suivant ma libération, notamment les reproches injustes que j'ai distribués autour de moi... « *Je viens de faire dix heures d'avion, j'ai mis par écrit tout ce que j'avais à te dire, tiens* », et ma mère me tend le bout de papier.

C'est la seconde et la dernière scène violente entre ma mère et moi. La première avait eu lieu à Bouffémont, presque vingt ans plus tôt, quand j'étais venu faire valoir mes droits, au moment des « accords de Neuilly ». Mais cette fois-ci, la brouille est plus profonde, la cassure plus douloureuse. Je trouve tout ça trop gros, cette visite, cette démarche, on y chercherait en vain la plus petite parcelle de sympathie ou d'amour. Je me sens habité d'une colère intense, amère, tenace. Ma mère restera quatre jours à San Diego, puis elle repartira. Avant son arrivée, je commençais un peu à oublier, je jouais beaucoup au golf, je reprenais confiance. Le passage de ma mère m'a démoli de nouveau le moral. C'est durant les semaines qui suivent que je serai le plus méchant, le moins clément, le plus fâché contre tout le monde, contre ceux que j'ai connus, avec lesquels j'ai travaillé pendant des années. Je suis en ébullition, je voue une haine phénoménale à tout ce qui se trouve à Paris. J'ai décidément été trop bon, trop gentil avec tous ces gens, moi qui me suis toujours mis en devoir de faire face à leurs problèmes de tous ordres.

Le séjour à San Diego est maintenant gâché. Nous retournons alors à New York, au même hôtel. On m'avait littératlement expédié aux États-Unis, le plus loin possible de Paris et des problèmes de Paris, « pour mon bien ». Cela n'empêche pas Paris de venir à moi en la personne de René Engen qui débarque un beau jour à New York et qui me donne rendez-vous au Waldorff où il est descendu. Et là, j'entends prononcer des noms qui me paraissent tout à coup très lointains : affaires, Creusot-Loire, Spie-Batignolles, Framatome... « *Vous êtes l'actionnaire majoritaire,* me dit Engen, *vous devez donc être informé de ce qui se passe* ». Ce qui se passe? « *Tout va bien,* me dit mon ancien bras droit, *j'ai la situation bien en main, les difficultés dues à votre enlèvement s'estompent, vous n'avez pas de souci à vous faire. Avez-vous besoin de quoi que ce soit à New York?*

– *Oui, précisément, je vois que vous avez là, au* Waldorff, *une suite qui ferait mon affaire.*

– *Qu'à cela ne tienne, baron.*

La suite me sera cédée tous frais payés par la société

sans que j'aie un sou à sortir. De toute évidence, on est prêt à consentir à de gros sacrifices afin que je me sente le mieux possible à New York et le moins bien possible à l'idée de revenir à Paris. Engen me donne également des nouvelles de ma femme et de mes enfants : ils vont bien. Il me répète qu'il a la situation en main, qu'il s'occupe de tout. C'est ce qu'il me dit et c'est, à coup sûr, parfaitement exact.

Et il est vrai qu'à New York, je passe des moments heureux. J'ai retrouvé des vieux amis avec lesquels nous avons reformé le cercle, d'autres sont venus nous rejoindre. Pour la première fois depuis longtemps, je me reconstitue une vie privée, un réseau de relations amicales, une de ces cellules qui me sont si nécessaires et que mon enlèvement a volatilisées pour de bon. Peu à peu, je me suis fait à l'idée de vivre aux États-Unis. C'est à cette époque-là que Bernard Moine, mon plus ancien ami, fils du fermier de la ferme de mon père à Bouffémont et qui a exactement mon âge, vient me voir, à ma demande. J'avais très envie de le voir et j'ai donc télégraphié à Biérry à Paris pour qu'il lui prenne un billet d'avion que Moine est passé chercher rue d'Anjou. A New York mon ami me raconte qu'Engen, informé de ce voyage, a tenu à le voir pour lui faire la leçon sur ce qu'il aurait à me dire. Il a également assuré que cette visite allait me faire du bien, que je me trouvais très bien aux USA, une seconde patrie pour moi : « *Sa mère est américaine, n'est-ce pas, vous comprendrez bien qu'il est de notre intérêt à tous qu'il soit heureux. Son avenir est aux États-Unis, nous devons donc tous agir dans le même sens auprès de lui* ». Une fois de plus, on prend furieusement soin de moi Outre-Atlantique.

Bernard arrive donc à New York. Nous passons douze jours épatants, ne ratant pas un match de base-ball, allant regarder la projection de la coupe du monde de football sur grand écran au Madison Square Garden. Durant tout ce temps il ne me parle de rien et je ne lui demande rien : je n'imagine pas un instant qu'on lui a « remonté la pendule » rue d'Anjou. Mais enfin, au fil de nos conversations, je comprends bien qu'il n'est pas convaincu par l'attrait de la chose quand il me voit fermement converti à l'idée de m'établir aux États-Unis. J'ai beau lui dire que tout m'y pousse et que je n'ai d'ailleurs pas vraiment d'autre choix, il demeure particulièrement réticent. Comme il est le premier véritable « allié » en présence duquel je me trouve depuis des mois, sa réticence finit par me faire dresser l'oreille : « *Tout de même,* lui dis-je, *cette campagne de presse m'a démoli; c'est irréparable, non?*

– *Mais il n'y a rien du tout! Quelques conneries dans les journaux à scandale et puis voilà. Il y a belle lurette que tout ça est fini. Si c'est la raison pour laquelle tu ne veux pas rentrer en France, c'est ridicule.*

Tout cela me trotte dans la tête. D'autant que ma compagne a commencé elle aussi à me parler dans le même sens. « *Est-ce que tu as vraiment l'intention de ne pas rentrer? Tous ces gens se moquent de toi, ils t'ont dépouillé, c'est tout ce qui les intéresse.* » Wado consulte alors Empain : j'ai largement récupéré. Je ne suis plus le fantôme hébété, expédié du trou à la prison dorée quelques mois plus tôt. Je me sens même en pleine forme. Je suis tellement en forme que je me dispose de nouveau à vivre. A vivre aux États-Unis. Mais si, après tout, la France... Pourquoi pas? Dans ce cas, allons-y carrément!

Mon premier réflexe est un réflexe de chasseur : je veux renifler la situation à distance, c'est-à-dire d'abord m'approcher de Paris. Nous irons à Londres. Nous allons à Londres. C'est la fin août 1979. Sur les rives de la Tamise, je suis suspendu au téléphone. J'appelle des quantités de gens à Paris. Ceux dont j'entends la voix au bout du fil sont bien entendu des alliés, des « avocats », ceux, en somme, qu'il m'a été impossible de joindre ou d'approcher après qu'on m'eût relâché. Les vrais amis. Ils me disent aussitôt les paroles que j'aurais tant voulu entendre cinq mois plus tôt, ils sont indignés de la tournure qu'ont prise pour moi les événements. Je leur oppose les arguments si bien développés par mon entourage et par Engen. Ils sont balayés d'un revers de main : « *C'est des conneries, tout ça, mets-les dehors, tu sais comment faire, si tu veux ton pouvoir, tu peux le reprendre.* » Ils sont contents de m'entendre, de me savoir en bonne forme : pour eux tous, mon enlèvement n'a pas duré deux, mais sept mois. Toutes ces conversations produisent l'effet recherché. Elles me gonflent à bloc. Au point que je décide de regagner Paris début septembre.

J'ai l'intention de tout casser. Ce n'est plus le syndrome de Stockholm, c'est le « syndrome de Monte-Cristo ». J'annonce mon retour à la rue d'Anjou en demandant à Jean-Jacques Biérry de me retenir une suite au *Plaza Athénée*. Je suis toujours accompagné de celle qui fut l'amie de mes jours noirs. Nous prenons l'avion, adieu Londres, bonjour Paris. A Orly se produit un épisode étrange et intéressant. Au moment où je passe le guichet de la police de l'air, je suis stoppé : « *Veuillez me suivre* », me dit le fonctionnaire. On me conduit dans un bureau où j'attends plusieurs minutes en me demandant ce que tout cela signifie. Survient alors un officier de la police des passeports : « *Monsieur Empain, nous avons une circulaire demandant d'aviser le ministre de l'Intérieur au cas où vous désireriez rentrer en France. J'appelle immédiatement .*» Une demi-heure plus tard, on me laissera libre de mes gestes. Manifestement, « on » voulait être informé de mon retour dès la première minute. Cet incident développe encore plus en moi le « syndrome de Monte-Cristo ».

Au *Plazza,* où nous arrivons sans problème, tout est calme. Quelques paparazzi devant les portes, comme à l'habitude rien de plus. Il est dix heures du soir : je dors. Rue d'Anjou, on sait que je suis revenu pour prendre la présidence du groupe. Le lendemain matin, on téléphone : René Engen comprend bien que ce n'est plus la voix de la bête traquée qu'il entend : « *Bien entendu, baron, j'étais là par intérim et j'ai fait tout pour le mieux. Il n'y a aucun problème, votre fauteuil vous attend.* »

Plus tard, je demande l'organisation d'une conférence de presse pour le lendemain, rue d'Anjou; à onze heures du matin, dans notre plus grande salle. C'est un jeudi; le 8 septembre 1978. Et c'est la première conférence de presse que je tiens de ma vie. La salle est bondée. Il y a là les représentants de toutes sortes de journaux, économiques, politiques, quotidiens, hebdomadaires, magazines, des buissons de micros et des murs de caméras. Je parle durant cinq minutes, puis je donne la parole aux journalistes. Aussitôt les questions fusent. Première constatation : ce que veulent d'abord savoir mes questionneurs – donc, je suppose, le public – ce sont les conditions de mon enlèvement, ou plutôt, de ma détention. Tous ces hommes et ces femmes m'interrogent sur des événements remontant à six ou sept mois pour n'avoir pu le faire au moment de ma libération. En somme, on remet les pendules à l'heure. Je suis là pour ça, d'où la deuxième constatation : on veut savoir pourquoi je suis parti et pourquoi je reviens. Pourquoi je suis parti? « *Je m'attendais à être accueilli autrement. Au lieu d'amour et d'amitié, on m'a tout de suite parlé, sans attendre que je récupère, d'un certain nombre de faits de ma vie privée et on m'a demandé de répondre. J'ai été déçu.* » Pourquoi je reviens? « *Pas pour faire tomber des têtes. Mais j'ai repris mon poste et j'ai bien l'intention de régler des comptes qui sont restés en suspens. Et comme je reviens, il va bien falloir me faire une place. Jusqu'à maintenant, je me suis relativement peu accommodé d'une place de conseiller technique, de préposé aux chrysanthèmes, ce n'est pas tellement mon style.* » La privation de liberté? « *C'est un état insupportable. Maintenant, j'ai beaucoup plus tendance à trouver que les punitions que la justice inflige sont très sévères. Je n'en veux pas à mes ravisseurs et j'irais même jusqu'à l'excuse.* » Dans les jours qui suivent, 95 % des articles parus dans la presse me seront favorables. Ce sont très exactement les avocats que j'avais tant et vainement cherchés six mois plus tôt.

Il s'agit maintenant de reprendre le fil d'une existence secouée par mon rapt puis par les conditions de mon retour. Je décide tout d'abord de continuer à habiter au *Plazza Athénée.* Rue d'Anjou, je suis redevenu un Président incontesté. Je reprends possession de mon bureau, voyant autour de moi des gens un peu au garde-à-vous et ne sachant trop sur quel pied danser.

Au fil des jours, et selon les attitudes, je devine peu à peu ceux qui se sont « mouillés », les bavards des salons et ceux qui ne savent pas s'ils sont mouillés ou non... Autant dire que mon retour inattendu – dans tous les sens du terme – fait régner un grand climat d'insécurité, entretenu, je l'avoue, par le fait que je m'emploie à laisser planer le doute sur tous et chacun.

C'est alors que se produit une situation imprévue pour moi. Mon *come-back* aux affaires déclenche une guerre tous azimuts contre Engen : il sera le bouc émissaire, lui contre qui personne n'avait jusque-là proféré le moindre mot. Les langues commencent donc à se délier furieusement : Engen n'est plus du tout celui qu'il a été, il ne prend plus de décision, il ne tranche plus. Vous savez, en votre absence, il a été décoré de la Légion d'Honneur... Pourquoi? Pour quel service rendu à l'État? Comme on le voit, Engen est tout bonnement l'objet d'une énorme cabale.

Dans le même temps, Biérry, vers lequel je me tourne pour tenter d'y voir un peu plus clair, se comporte plus que jamais comme un savon mouillé. Certes, il défend chaudement Engen, mais pas à 100 %... Engen, qui a alors cinquante-neuf ans et qui est véritablement un génie, n'a pas été long à sentir les choses arriver. Et pour ne pas subir le « sens de l'histoire », il veut l'orchestrer. Un jour, il vient me trouver : « *Baron, je ne désire pas rester ici toute ma vie. J'ai désormais un âge où il devient opportun que je me cherche un successeur à former. Pourquoi ne chercherions-nous pas ensemble celui qui vous agréerait et que je pourrais moi-même préparer à prendre ma suite? Je vous ai toujours dit que je prendrai ma retraite à soixante ans.* » Je donne aussitôt mon accord de principe à la proposition de

René Engen, puis nous établissons le profil de celui qui pourrait le remplacer. C'est très exactement le profil de Didier Pineau-Valencienne qui est alors numéro 3 à Rhône-Poulenc. Je vais le voir et je lui propose de succéder, à terme, à René Engen. Il réfléchit puis me demande de réserver sa réponse. Manifestement, à Rhône-Poulenc, il est, comme on dit, « proche du bon Dieu ». Il a de quoi hésiter. Je lui donne tout le temps de réfléchir.

Au groupe, je m'aperçois très vite qu'il m'est désormais impossible de continuer à être le Sphynx, de régner en retrait. Tout au long de l'année 1979, il me faut sans cesse user de mon autorité, car René Engen n'en a plus. Je suis à tout instant en première ligne, ce qui est inconfortable. Et j'attends impatiemment Pineau-Valencienne. Il acceptera quelques mois plus tard et prendra officiellement ses fonctions fin 1980.

L'homme n'est pas un inconnu pour moi. A l'âge de vingt-deux ans, il était à la Banque Parisienne pour l'Industrie, la petite banque du groupe Empain. Dans les années 1967, il fut l'un des personnages ayant participé à la « révolution interne » qui marqua mon arrivée dans le fauteuil d'Édouard. Il n'aimait d'ailleurs pas ce dernier pour des raisons de génération. Il a non seulement applaudi mais œuvré à ma prise de pouvoir. Il était alors président de Carbonisation et Charbon Actif, une société qu'il avait reprise au bord de la faillite et qu'il avait rééquilibrée avec pour mission, à l'époque, de la vendre au mieux, ce qu'il avait fait plus tard en la revendant à Rhône-Poulenc. Il y avait effectué un travail très dur et remarquable.

En 1967, c'était un jeune cadre plein d'ambition et d'allant. En 1971, quand il vend (très bien) la société, il se retrouve sans affectation dans le holding. Il n'a pas envie d'être dans l'état-major, au QG, étant plus motivé par les missions de première ligne. La présence d'Engen, âgé alors de quarante-huit ans, tandis que lui-même n'en a que trente-trois, le gêne un peu. Il voudrait avoir une barque à mener. A ce moment-là, dans le groupe, je n'ai rien qui convienne à son profil. Je lui demande donc d'attendre « le passage d'un train » (un an ou deux auraient suffi pour que j'aie à lui confier, par exemple, la réorganisation de l'Union Européenne), mais il s'est montré impatient et il est parti pour Rhône-Poulenc. Quant à l'état-major, la seule place qu'il aurait bien voulue était la Direction Financière, mais j'y avais déjà engagé Pagesy, qui avait son âge et venait de la banque Lazare. Didier Pineau-Valencienne nous avait donc quittés en 1972.

Quand je repense à lui, huit ans plus tard, tout le monde regrette encore ce cadre de valeur, sauf peut-être René Engen pour lequel il représentait déjà un danger avant son départ pour Rhône-Poulenc. Il faut dire qu'à l'époque, il s'était déjà fait une réputation justifiée de sanguinaire qui n'hésitait pas à faire saigner et pleurer pour remettre une société sur pied. C'était le docteur Attila. Il proclamait ne pas y prendre le moindre plaisir, mais enfin son plaisir à rétablir une situation était réel. C'est ainsi qu'il avait lui-même mené une enquête pour mettre à nu une indélicatesse commise par son prédécesseur à la direction de Carbonisation et Charbon Actif. Il en était qui passaient dans les petites usines pour y rafler leurs maigres caisses noires (dont le « butin » n'excédait jamais 10/15000 F.), en disant : « Le baron sera content »...

Durant les sept ou huit années qu'il passe à Rhône-

Poulenc, où l'on a vite compris l'utilité d'un homme tel que lui, Didier Pineau-Valencienne, D.P.V., comme on l'a « abrégé », est chargé de nettoyer toutes les « écuries ». On lui a toujours refilé ce qui ne marchait pas. Aussitôt le ménage fait, on le renvoyait à une autre « écurie ». D'ailleurs, il ne demandait que ça, même si, par moments, il pouvait sentir une lassitude et éprouver quelque nostalgie à l'idée qu'il aurait pu être enfin à la tête d'une industrie filant ses douze nœuds bien tranquillement. En fait, comme beaucoup de gens dans le monde des leaders de l'industrie, il aurait aimé pouvoir joindre harmonieusement les excitations de l'aventure aux calmes de la croisière, la vie de corsaire à la vie de paquebot.

De mon côté, après mon retour-surprise, passés les plaisirs de me voir revenir les attributs de ma présidence, et la reconnaissance de ma légitimité, je sens progressivement qu'il y a peu de chance pour que je termine là ma carrière, à cette place, du moins dans ces conditions. Aussi longtemps qu'être président de ce groupe flatte mon orgueil et me donne professionnellement satisfaction, tout peut aller. Mais avec le salaire que j'ai, si les choses ne me plaisent plus, je n'ai aucun effort à faire pour partir. Autrement dit, ce n'est pas ce qu'on me paye qui peut me retenir. Il faut savoir, en effet, qu'à l'époque, les grands patrons, managers et propriétaires ou leaders d'entreprises, que ce soit aux États-Unis, en Allemagne, en Angleterre et même en France, peuvent se vanter de toucher directement ou indirectement des rétributions annuelles proprement vertigineuses. C'est-à-dire incomparablement supérieures à mes deux millions de francs bruts (c'est-à-dire un million net), soit sept à huit millions de centimes par mois. Certes, en dehors de cet ordre de comparaison, de tels chiffres ont de quoi impressionner mes lecteurs d'aujourd'hui, mais ils apparaissent bien modestes, alors, aux grands animaux de l'industrie et de la finance. Principal actionnaire du groupe, je ne touche strictement rien en dehors de mon salaire et des revenus de mes actions. Pourtant, beaucoup de gens, sinon presque tout le monde, croient, pour parler vulgairement, que je me bourre les poches. Cette impression, je l'ai notamment éprouvée très fortement en 1975, année où nous avions fait vingt milliards de chiffre d'affaires dont 60 % à l'exportation. Tant du côté des pouvoirs publics que dans l'environnement professionnel, les langues étaient allées bon train pour dire que le baron Empain baignait dans l'or. Personnellement, je n'avais aucun intérêt à ne pas le laisser croire puisqu'on ne prête qu'aux riches.

Quoi qu'il en soit, en 1980 j'ai hâte que Didier Pineau-Valencienne arrive. Je me dis que lui et moi allons faire un tandem, dès lors que René Engen lui aura passé le témoin. Le problème est que D.P.-V. veut tout de suite la totalité de la place d'Engen. Connaissant bien le groupe, la société, les gens, le nouvel arrivant a l'appui de toute la structure de Schneider qui l'a complètement adopté. Le résultat est que je me retrouve dans une position très inconfortable, confronté à des interventions toujours plus nombreuses et d'une formulation aussi élégante que : « *Quand est-ce que vous virez Engen? On ne peut plus travailler avec lui.* » J'entreprends finalement René Engen pour lui demander de partir, démarche difficile s'il en est, surtout pour moi. Il n'est pas étonné et accepte de procéder à son propre départ, moyennant une importante indemnité financière. Je lui donne mon accord pour cette indemnité.

– *Je vous remercie,* me dit-il, *mais pourriez-vous me le confirmer tout de suite par écrit?*

– *Bien sûr.* »

Je saisis une feuille de papier blanc sur mon bureau et j'écris : « *Mon cher Engen, je vous confirme que le jour de votre départ, nous vous garantissons une indemnité de ... F.* » Et je signe. Nous ferons connaître le prochain départ de René Engen en novembre 1980. Il sera effectif début 81. Didier Pineau-Valencienne, comme à son habitude, ne traînera pas. On a dit et écrit que je m'étais en quelque sorte vengé de l'attitude de René Engen à l'occasion de mon enlèvement. Je dois démentir : un tel comportement n'est pas dans mon caractère, et, si, vraisemblablement, le départ de mon ancien bras droit était la seule solution, je n'étais pas pour autant le principal demandeur. J'ai cédé aux demandes pressantes et insistantes des barons du groupe, pensant que cette unanimité contre un homme en générait une autre pour l'entreprise tout entière. Mais, de la même façon, je revendique entièrement le recrutement du successeur d'Engen.

Je vois arriver un homme qui, durant des années, a déjà fait ses preuves chez nous. Didier Pineau-Valencienne est un homme qui se saisit entièrement d'une affaire, à bras le corps. Il ne vient en rendre compte que lorsqu'elle est aboutie et réglée. Et il fait son affaire de tout. Pour moi, c'est un élément formidable. Je sais ce qu'il a fait *a posteriori*, c'est-à-dire quand il n'y a plus de problème. Et quels problèmes! Je le verrai arriver un jour, me disant : « *Il y avait huit personnes de trop, je les ai fichues dehors.* »... Durant notre collaboration, je n'aurai jamais à lui donner un plan de vol. D'ailleurs, il ne peut travailler qu'avec carte blanche, ne rendant compte qu'après mission. Je n'ai donc qu'à m'en satisfaire ou à le remercier, ce qu'il trouverait normal, car en toute chose il engage sa responsabilité. Il n'est pas homme à se chercher des parapluies. Bien entendu, il fait tout pour communiquer cette philosophie à ses collaborateurs : il les responsabilise « à l'américaine ». Ce qui est naturel chez ce diplomé de HEC qui a passé deux ans à Harvard. Je dois dire que j'aurais aimé avoir beaucoup plus de responsables de sociétés dotés de cette mentalité. D.P.-V. est en fait le véritable modèle du type de collaborateur que je souhaiterais avoir. Il a des méthodes modernes de gestion et il est notamment un virtuose des plans de cinq ans, dont on est revenu aujourd'hui, les temps économiques ayant changé, mais qui, à ce moment-là, représentent un haut de gamme dans le monde industriel.

Quand j'appelle Pineau-Valencienne, j'ai donc dans l'idée que nous allons former un tandem. Un tandem organisé de telle sorte que lui prenne le maximum de responsabilités tandis que je me réserverai le rôle de « reine d'Angleterre », c'est-à-dire de celui qui règne et arbitre mais ne gouverne pas, que l'on appelle chez les Anglo-Saxons le *chairman.* Ce rôle me conviendrait d'ailleurs plus que jamais à ce moment-là. Qu'un homme nouveau – qui n'est cependant pas un inconnu pour tous – prenne en main la résolution de tous les problèmes latents dans un groupe secoué, depuis deux ans, par mon enlèvement, mon départ, mon retour, et aussi par une crise de confiance interne qui se développe en même temps que des difficultés proprement économiques, et vienne à mes côtés redresser avec moi la situation, voilà tout ce que je souhaite. Qu'il ait tous les pouvoirs pour mener à bien sa mission et que me reste seul le pouvoir de le congédier si nécessaire, voilà qui me suffit. Mais je constate rapidement que Didier Pineau-Valencienne voudrait être à la fois Premier ministre – ce qu'il est – et reine d'Angleterre, ce que je suis. Dans le cas où une telle situation se confirmerait, je ne serais plus qu'une sorte de président d'honneur et je ne suis pas masochiste au point de vouloir revêtir ce nouveau costume trop étroit pour moi.

A ce moment-là, je peux tout à fait, si j'en décide ainsi, mettre fin aux fonctions de D.P.-V. Je le peux, du moins sur le papier. Mais je ne le fais pas : en vérité, pour toutes sortes de raisons, j'en suis arrivé à un point où j'en ai « ras le bol » de ma longue liaison avec le groupe Empain-Schneider. De plus, mon « Premier ministre » a déjà en main tous les fils du pouvoir : l'ensemble des présidents de filiales ont, en effet, été mis au pas. Les nouvelles orientations prises au sein du groupe et appliquées par les cadres de premier rang sont telles que si je me sépare de D.P.-V., son successeur me fera le même coup. J'en tire la morale : dans un tel groupe, on ne peut être reine d'Angleterre. J'avais voulu l'être une première fois en nommant Jean Forgeot président de Schneider. Mais la France est un pays ainsi fait qu'on ne peut y diriger par personne interposée : l'interlocuteur veut toujours parler au bon Dieu. On peut d'ailleurs le vérifier en politique en voyant le président Mitterrand, si souvent contraint à intervenir en première ligne. Impossible de revendiquer le rôle d'arbitre : il faut être joueur. Moi qui aurais aimé être un grand arbitre, contrôler la marche générale de l'entreprise, force m'est de constater que ça ne marche pas. J'ai une formation de financier plus que de manager et la contrainte des structures travaille irrésistiblement en sens contraire. Dans un tel contexte, je me sens de moins en moins concerné par le groupe, et l'idée d'un second départ, définitif celui-là, commence à me travailler sérieusement. Je ne suis pas vraiment fou de joie à cette idée mais je ressens très nettement qu'on n'a plus besoin de moi dans cette société. Je ne suis pas du genre à m'imposer ou à m'accrocher.

L'un des éléments qui me poussera dans ma détermination sera le petit tour que m'a joué D.P.-V. au moment où René Engen a effectivement quitté le groupe. On se souvient que lorsque nous nous étions, lui et moi, mis d'accord sur les modalités de son départ, j'avais, sur une feuille blanche, garanti à Engen que le groupe lui verserait une forte indemnité. A l'automne 80, Engen vient tout naturellement me présenter ce papier que je transmets à Pineau-Valencienne. Lequel vient me trouver en me disant : « *Cette somme est très importante, en aucun cas la société ne peut la payer à M. Engen.* » En réalité, la société en question, que je connais bien puisqu'elle est la mienne, aurait pu payer mille fois la valeur de cette somme sans en être gênée. Cela fait pas mal de décimales pour une personne, pas pour un groupe. Or, cette personne, j'ai bien compris que c'est moi, moi qui ai signé sur une feuille blanche et non sur un papier à en-tête du groupe. « En face », on fait mine de croire que je me suis engagé auprès d'Engen en mon nom propre et non en celui du groupe. Disons-le : D.P.-V. m'a mis dans la merde. Et pas par pur hasard, mais bien volontairement. Il sait que je le sais. S'il s'agissait d'argent personnel, je comprendrais les réticences car la somme est importante. Mais il s'agit d'argent de la société à laquelle René Engen a consacré durant dix ans chacun de ses instants sans être jamais contesté dans sa gestion.

L'attitude de Didier Pineau-Valencienne signifie beaucoup plus, dans les circonstances présentes, qu'un simple souci de préserver la caisse du groupe Empain-Schneider. Mais, pour moi, le paysage est bouché dans une société où les choses se passent ainsi. Je suis furieux et dégoûté du climat ambiant et qui devient pour moi, la déprime aidant, un véritable enfer. J'ai l'impression qu'on n'en finira jamais avec toutes ces histoires, qu'il est inutile, désormais, de poursuivre plus avant. Quand, dans un groupe, « l'ennemi » est à l'extérieur, les choses sont, pour ainsi dire, normales. Dès lors que le combat se livre à l'intérieur, c'est insupportable.

Écœuré, je pars seul, en novembre 80, pour les États-Unis, à San Francisco, une ville que j'aime beaucoup. En France, personne ne sait où je me trouve. Arrivé en Amérique, j'amorce une dérive solitaire durant laquelle on me voit au bras d'une femme différente tous les quinze jours. Je me rends compte que plus rien ne me raccroche à quoi que ce soit. Puis je me retrouve à Londres, d'où je demande à Biérry d'organiser la vente de mes titres, le groupe pouvant les racheter par un système d'auto-contrôle. C'est par l'intermédiaire de Sylvanna, venue me voir à Londres, que je corresponds avec Biérry, qui s'y trouve également. Même lui n'échappe pas au profond dégoût que j'éprouve pour tout ce qui peut toucher, de près ou de loin, au monde de la rue d'Anjou. Les conditions financières du protocole de vente qu'il m'a apportées sont mauvaises. Sylvanna va le trouver dans le hall de l'hôtel pour lui dire que je ne signerai pas. Finalement, je regagne Paris, extrêmement déprimé, mais avec la ferme intention de trouver un acquéreur à mes parts. Didier Pineau-Valencienne est désormais directeur général, je suis toujours président, il sait que je vais partir et il est pour beaucoup dans l'opération de vente de mes titres à Paribas, c'est-à-dire 35 % des actions de la Société auxiliaire d'entreprises industrielles et financières, holding coiffant l'ensemble des sociétés du groupe. A l'issue de la mise au point, rondement menée, du nouveau dispositif financier, Pierre Moussa président de Paribas, a sous son contrôle les cent cinquante sociétés du groupe, qui réalisent un chiffre d'affaires de 36 milliards de francs et emploient 132 000 personnes. Dans le même mouvement, je signe ma lettre de démission (c'est facile, j'ai le modèle, encore frais, de celle de René Engen) en proposant au conseil d'administration de me remplacer à la présidence par Didier Pineau-Valencienne.

Autour de moi, on ne comprend pas, on me pose des questions. Mais je ne réponds pas sur les raisons exactes de ma décision. Je trouve très commode, alors, de répondre que je n'ai « *pas réellement confiance en la pérennité politique du pays* ». Vue la tournure prise par la campagne pour les présidentielles, l'arrivée des socialistes au pouvoir est devenue pour moi une quasi-certitude. Or, plusieurs sociétés du groupe sont couchées sur les nationalisations du Programme commun. Je connais les règles du jeu avec un pouvoir de droite, je les ignore avec un pouvoir de gauche.

En vérité, je suis dans un état physique et moral déplorable. Depuis plusieurs mois, je souffre de douleurs et de troubles abdominaux quotidiens dont les médecins ne parviennent pas à diagnostiquer l'origine.

Je suis, au moment de ma démission, un homme inquiet de sa santé et dont la volonté de lutte est plus qu'amoindrie.

Lors de mon départ définitif du groupe Empain-Schneider, je ne suis plus rien. Pour la quatrième fois de ma vie. Avant les « accords de Neuilly », avant que je ne fasse valoir mes droits à l'intérieur de la famille, alors que j'étais enfant, puis adolescent, puis presque entièrement programmé pour une carrière d'héritier doré ou de fils consort, je n'étais rien. Mais j'avais tout. Entre les mains de mes ravisseurs, encagoulé, enchaîné sur mon matelas pneumatique, objet de marchandage, je n'étais rien. Mais j'espérais tout. Durant mon errance de six mois aux États-Unis, après ma libération, je n'étais rien. Mais il me restait tout. Cette fois, à l'orée de l'année 1981, je ne suis plus rien. Et je suis revenu de tout. Mon sac à terre et ma solitude en poche, j'ignore encore que je vais traverser dix-huit mois d'un désert particulièrement hostile, un désert qui ne fait pas de cadeau. Un désert qui est en moi. Il faut croire que ce genre de traversée – que je ne referais pour rien au monde – est parfois nécessaire au destin d'un individu, puisque c'est après avoir touché à ce fin fond du fond que je rebondirai jusqu'à la surface où j'ai aujourd'hui retrouvé ma place parmi le monde des humains. J'y reviendrai bientôt, puisque j'ai décidé de ne rien cacher dans ces pages.

Ce qui est sûr, c'est que la sortie d'un pot-au-noir se juge et se vérifie toujours à des signes qui ne trompent pas. Ainsi en a-t-il été, quelques mois après que j'eus recommencé à prendre pied, en décembre 1982, lors du procès de mes ravisseurs à la cour d'assises de Paris.

CHAPITRE X

Le procès de mes ravisseurs s'est tenu du 3 au 18 décembre 1982. Je n'étais pas obligé d'y assister et j'avais hésité, quant à moi, sur la question d'y être présent ou non. Mais mes avocats m'avaient vivement conseillé de le suivre jusqu'au bout. Mes Dupeu et Prévost, le premier étant du cabinet de Me Badinter qui était devenu garde des Sceaux, m'avaient expliqué que si la victime n'était pas là, les jurés ne ressentiraient pas les débats de la même manière. Il faut dire que dans toutes les folies qui avaient été proférées au moment de « l'affaire Empain », on avait même été jusqu'à suggérer que mon rapt était bidon. Ma présence tendait à confirmer que je ne le considérais pas comme tel.

Pour ma part, je me tenais assis au banc de la partie civile. Non loin de moi, dans une vitrine exposant les pièces à conviction, une fiole contenant un liquide jaunâtre dans lequel baignait quelque chose qui m'avait jadis appartenu et qui était désormais la propriété de la justice : la phalange qui m'avait été subtilisée au couteau. Même si je représentais un élément central, mon rôle était nécessairement limité. J'étais avant tout spectateur. Un spectateur impassible devant les allégations et dénégations de mes ravisseurs.

Dans le box des accusés étaient assis ceux et celle que la police avait attrapés. Alain et François Caillol, deux fils de bonne famille, intelligents, gérant avant mon rapt une « Maison des Bibliothèques », l'un à Grenoble, l'autre à Montpellier. Georges Bertoncini, l'homme à l'accent méridional qui accueillait son « hôte Édouard » dans le pavillon de Savigny-sur-Orge où l'hôte en question se trouvait en villégiature forcée. Son épouse, Marie-Annick Le Gayan, Marc, le frère de cette dernière et le plus jeune des prévenus, Robert Matheron, « lieutenant » de Bertoncini, et Bernard Guillon, l'homme dont j'avais reconnu la voix à l'instruction comme celle d'un de mes gardiens du premier au dernier jour de ma captivité.

L'avocat général était M. Jean Libouban, les avocats de la défense, notamment Mes Georges Kiejman, Roland Dumas et Thierry Lévy. Au grand dam de ces derniers, le président, M. Xavier Versini, avait décidé que j'apporterais mon témoignage en dernier. En dernier, c'est-à-dire juste avant les plaidoiries. Des débats, j'ai le souvenir qu'ils tournèrent autour de trois thèmes principaux : le cerveau de l'opération, les péripéties à l'intérieur de l'état-major du groupe Empain-Schneider, ma propre déposition, qui, on s'en doute, comptait beaucoup pour moi.

Me Kiejman, avocat extrêmement brillant, a voulu d'emblée faire de mon enlèvement quelque chose d'autre qu'un crime crapuleux. La thèse à laquelle il s'était attaché et qu'il défendait à toute occasion était qu'un personnage comme moi, ayant le monopole du secteur nucléaire en France, étant très en vue économiquement, dérangeait, par son existence même, des puissances que ma mise hors circuit, déguisée en rapt, aurait considérablement arrangées. Quoique très habile, cette tentative de détournement du débat ne fut pas suivie par le président Versini. Mon avis sur la question? Comment en avoir un? S'il y avait une parcelle de vrai dans cette thèse, j'en aurais été, on s'en doute, le dernier averti. Me Kiejman soutenait que mon passage de la prison-tente à la prison-séchoir à grains pouvait correspondre à un « transfert de colis » des concepteurs de mon enlèvement, ayant obtenu l'effet recherché – c'est-à-dire le sabotage de ma position sur l'échiquier français, à de simples malfrats uniquement intéressés, eux, au versement d'une rançon. Mais dans ce cas-là, confier la première et la seconde partie de cette mission aux mêmes geôliers – et je suis formel, moi, leur prisonnier, sur ce point – aurait été d'une grande imprudence, confinant à l'inconscience chez des cerveaux aussi « haut placés ». Pour ma part, je pense que Me Kiejman, avocat d'Alain Caillol (que bien des éléments de l'affaire désignaient pour être, sinon le cerveau de l'opération, du moins un élément exécutif de premier plan), faisait remarquablement son métier. Certes, tous ceux qui étaient compromis dans mon enlèvement n'ont pas été arrêtés et certains courent encore, parmi lesquels, peut-être, le « vrai » cerveau.

Qu'on me comprenne bien : il ne s'agissait pas alors pour moi, pas plus qu'aujourd'hui, d'accabler ceux qui étaient en face de moi et arrivaient menottes au poing : je sais moi-même ce que signifiaient menottes et privation de liberté et j'ai déjà dit publiquement que j'étais sans rancune. J'avais pardonné. Il ne m'appartient certes pas de rendre la justice dans une affaire dont bien des éléments me demeurent inconnus. Mais je me suis fait un devoir dans ces pages de rendre compte de ma part de vérité. Je ne dis que ce que je sais.

Et il est bien des choses que j'ignore encore. Notamment à propos de ce qui s'est passé entre la police, ma famille, mes proches au sein du groupe et « les autres ». Si la déposition de René Engen confirme qu'il a très vite opté pour le travail en commun avec la police, c'est-à-dire le refus absolu de tout principe de versement de rançon, si le commissaire Ottavioli a pu certifier qu'il y avait à cet égard accord total entre le groupe et la famille, la confiance née d'un tel accord n'allait pourtant pas jusqu'à ne pas faire suivre systématiquement les négociateurs par des policiers. Un de mes amis, Raymond Vuillez, qui avait tenté de collecter les fonds nécessaires, avait essuyé un refus et déclaré : « *Tout s'est passé comme si on était peu soucieux de la vie du baron Empain.* » Certes, je n'en veux pas aux policiers : les policiers ont leur manière à eux de sauver la vie du baron Empain et ils y sont parvenus. Mais on ne peut reprocher aux amis d'avoir aussi leur manière à eux de sauver la vie du baron Empain, qui est, essentiellement, de verser la rançon. Et dans ce cas, il est vrai qu'on peut regretter que certains « amis » n'aient pas eu la manière.

Quoi qu'il en soit, un lundi à 2 h 30 de l'après-midi, j'ai comparu en tant que témoin. Mes avocats et moi-même n'avions pas ouvert la bouche depuis le début du procès : notre politique était de ne pas intervenir dans les débats. Je suis resté à la barre pendant près de trois heures. J'ai raconté mon enlèvement. « Avec dignité et sans passion », dirent les média. Je parlais dans un silence glacial, très impressionnant. Je parlais devant un micro et je n'entendais que le « retour », c'est-à-dire l'écho de ma propre voix. Je m'étais préparé à faire ma déposition sur un ton monocorde, sans « haut » ni « bas », sans effet, y compris dans les détails les plus barbares ou les plus sordides, sans jamais émettre la moindre réflexion personnelle. Je racontais les faits, rien que les faits et je voyais les jurés prendre beaucoup de notes. De « là » d'où je revenais, ce qui se passait à ce moment-là, devant cette cour d'assises, était essentiel, fondamental, pour moi : sans l'avoir voulu, je déposais devant la société à laquelle j'appartenais. Or, dans les semaines précédant « mon procès », comme j'en parlais entre amis (ce lapsus indiquant un singulier retournement des choses), j'étais très anxieux. Je m'étais aperçu, en effet, que je vivais depuis quatre bonnes années avec l'impression plus ou moins avouée que j'étais coupable d'avoir été enlevé. Cette impression ne devait d'ailleurs pas m'être absolument personnelle puisque *le Figaro,* la veille du procès, avait titré : « Empain, coupable d'avoir été enlevé. »

Et je crois bien que dans la panoplie des séquestrés, des otages, des innocents, on peut, à côté du syndrome de Stockholm, ajouter le syndrome de la culpabilité, qui naît, plus ou moins violemment, lors du retour à l'air libre. C'est pourquoi ce lundi-là, il valait mieux, tant qu'à faire, ne pas rater l'occasion qui m'était donnée de dire que j'étais innocent du crime dont j'avais été victime. Pour la justice et pour la société, les coupables étaient les ravisseurs auxquels j'avais pardonné. Pour moi, le coupable était mon destin : j'avais appris à vivre avec ce coupable-là. Et il est vrai qu'en arrêtant de parler, j'ai senti que ma déposition avait effacé tout le scandale, toute l'invisible misère qui s'accrochait à mes pas depuis si longtemps. Ce que j'ai dit alors, mon lecteur le sait déjà et il en sait encore plus puisque j'ai longuement parlé « d'avant » et « d'après », car ma déposition à la barre de ce livre est bien plus longue.

Quand Me Thierry Lévy a entamé sa plaidoirie, il a dit : « *Le procès a pris fin lundi à 17 h 30, après la plaidoirie du baron Empain.* » Ce n'était, certes, pas pour me faire plaisir, mais c'était exact. Si le verdict du destin – une vie bousillée, à reconstruire morceau par morceau – n'avait pas été clément pour moi, le verdict de la justice ne l'avait pas été davantage pour les accusés. Vingt ans pour Alain Caillol et Bernard Guillon, quinze ans pour Georges Bertoncini, treize ans pour François Caillol, cinq ans pour Marc et Marie-Annick Le Guyon, dont trois avec sursis pour cette dernière et deux ans pour Robert Matheron, le temps passé en détention préventive par ces deux derniers leur permettant de repartir libres. Durant ma déposition, comme j'affirmais avoir reconnu la voix de Bernard Guillon, et ce dès l'instruction, ce dernier s'était levé et avait dit : « M. Empain se trompe. » J'avais répondu au président Versini que si je n'en avais été sûr qu'à 99 %, je me serais abstenu. Aussi certain (à 100 %) que d'avoir été pris en charge et séquestré durant soixante-trois jours par des gens que je ne connaissais que par leurs voix. Quant à Alain Caillol, personnalité complexe et intéressante, j'ai appris qu'au cours de sa détention il avait entrepris, avec succès, des études de médecine. Tous ceux de mes ravisseurs qui s'étaient retrouvés dans le box avaient plaidé non coupable. Cela est certainement à mettre au compte d'un système de défense homogène, mais il m'est arrivé de me demander s'ils ne s'étaient pas « en toute innocence » sentis moins coupables de m'avoir séquestré que moi, à une époque, d'avoir été enlevé.

Après le procès, Charles Villeneuve, d'*Europe I,* m'a dit : « *Quand vous étiez président de votre groupe, je ne pensais pas que vous aviez le tempérament d'un grand dirigeant. Depuis que j'ai entendu votre déposition, je comprends qu'on dise ce qu'on dit de vous. C'est un procès en réhabilitation.* »

Dix-neuf mois après que j'eus cessé d'être « un grand dirigeant », l'hommage m'était allé droit au cœur. Durant le procès, il n'avait à aucun moment été dans mes intentions de couler mes ravisseurs. Je n'en avais pas rajouté. Ils étaient déjà assez dans le pétrin comme ça. Ils n'étaient pas mes adversaires. Mon ennemi, c'était une certaine opinion, plus officieuse que publique, qui, si je m'étais troublé à un moment donné, n'aurait pas manqué d'émettre des commentaires désobligeants, notamment dans quelques salons parisiens du XVIe arrondissement, ou cercles politiques, ou milieux du patronat français, toute sorte de gens ne m'ayant jamais accepté que contraints et forcés, à l'époque où il fallait compter avec moi. Désormais, je pouvais compter sans eux.

A la faveur du procès de mes ravisseurs, j'avais obtenu ma réhabilitation publique. Quelques mois plus tôt, sortant de ma traversée du désert, j'avais commencé ma réhabilitation professionnelle : passant de l'abattement à la grande forme, j'étais bien décidé à me remettre dans le circuit.

En 1982, la grande faune des décideurs français et internationaux, que je connais bien, n'a pas changé. Ce sont les mêmes que trois ans auparavant. En septembre, deux mois après l'opération médicale qui m'a tiré de ma

« période grise », j'ai tout bonnement « les crocs ». Je ne suis plus cette vieille peau de lion édenté sur laquelle les gens s'essuyaient les pieds. Je suis de retour et ça s'est su très vite.

Mon premier geste est de louer un bureau, d'installer un téléphone et un télex. Très rapidement, je vérifie que mon fonds de commerce est constitué par mon nom et mon carnet d'adresses, assez fantastique pour quelqu'un qui a décidé de faire des affaires. Quand je ne connais pas le correspondant que j'appelle au téléphone, je dis « baron Empain » et la secrétaire me passe directement le patron.

Au cours de ma première carrière, j'ai été industriel et financier. Pour ma seconde carrière, je deviens commerçant et financier. Les bureaux que j'ai loués occupent 80 m^2 aux Champs-Élysées, face au *Fouquet's*. L'adresse sociale est importante. Je sais que dans le monde des affaires, c'est par là que tout commence. Je ne suis pas peintre, écrivain ou membre d'une profession libérale, je rencontre pas mal de gens : il me faut un bureau là où doivent être les bureaux. Avec un associé, j'abrite une petite entreprise qui commercialise du matériel aéronautique, de l'avion à la pièce détachée et j'emploie une dizaine de personnes. Notre principal client est Air-France, ce qui constitue pour nous une carte de visite. Étant PDG de cette société, j'ai l'occasion de rencontrer beaucoup de gens. En décembre 1982, comme chaque année, je me trouve en vacances d'hiver à Megève quand j'apprends au téléphone que nos bureaux à Paris ont sauté. Ma reconversion ne commence pas très bien : les bureaux à refaire... et les interrogatoires de la police à laquelle je ne pensais pas avoir affaire de sitôt. L'attentat a eu lieu dix jours après la fin du procès de mes ravisseurs. Les policiers ont tendance à dire qu'il s'agit d'une très malencontreuse coïncidence et ne semblent pas y voir de relation de cause à effet. On n'a jamais retrouvé les auteurs. Quoi qu'il en soit, ce sera la dernière manifestation de malveillance à mon égard.

Mais mon associé et moi ne nous sommes pas entendus. Ce dernier a repris l'intégralité de la société et, en janvier 1983, suivi de deux membres de l'entreprise et de ma secrétaire, je me mets entièrement à mon compte avec une idée bien précise en tête : m'établir comme *trader*. Qu'est-ce qu'un *trader*? Pour l'expliquer, le mieux est encore de donner l'exemple de quelques cas de figure qui montreront que les activités d'un *trader* peuvent porter sur toutes sortes de secteurs et répondre à toutes sortes de circonstances. Ainsi, tel pays désireux d'acquérir tel type de missile et n'y parvenant pas s'adressera-t-il à tel *trader*. De même un gouvernement mandera-t-il un *trader* pour revendre un parc aérien constitué d'avions de combat de plus de douze ans d'âge. Ou encore un petit pays africain à la recherche d'une certaine catégorie d'acier fera-t-il appel à un *trader* qu'il connaît bien, en lequel il a confiance et dont la commission sera moins élevée que le coût d'une recherche officielle. En somme, le *trader* est un *go between,* tout simplement un intermédiaire, grâce auquel les distances sont abolies, les formalités allégées, la discrétion assurée. Il doit donc être un homme de confiance pour les deux partenaires de l'échange. Comme on le voit, il peut vendre et acheter des camions, des jeeps, de la viande : de tout. Moi-même, j'ai échangé de la bauxite contre du pétrole ou du café contre du charbon.

Dans un tel métier, l'idéal est, bien entendu, d'être contacté le matin par un correspondant à la recherche d'une certaine chose et l'après-midi par un autre désirant exactement ladite chose. Cela arrive parfois, mais c'est plutôt rare. En fait, sur dix affaires que l'on prend, il y en a une en moyenne qui marche. C'est une bonne proportion, car les *traders,* contrairement à ce que l'on pourrait penser, prennent d'assez fortes commissions. Les pourcentages de ces commissions sont, évidemment, réduits à mesure que les contrats sont plus élevés.

Par ailleurs les *traders* sont fréquemment appelés à travailler entre eux. Nous sommes des milliers de par le monde, et, étant donné la spécificité de ce métier, il y a, dans le nombre, une certaine proportion d'agités. Les seuls garde-fous possibles sont d'ordre personnel et psychologique : crédibilité, régularité, confiance. Il en est de même vis-à-vis des clients. Je ne me déplace pour en rencontrer un que si celui-ci me fournit ce qu'on appelle une évidence bancaire, c'est-à-dire une confirmation de sa solvabilité par une *major bank.* Les *traders* sérieux ne consentent à travailler qu'avec la garantie d'une *major bank,* c'est-à-dire l'une des deux cents plus grandes banques du monde. Ils ne veulent pas de la 201ᵉ.

A part les frais de télex, de téléphone et de secrétariat, de déplacement, le *trader* n'a pas de gros frais. Il n'a aucune charge fixe ni aucune affaire déficitaire puisque, par principe, il ne prend que celles qui marchent. Jamais il ne « fabrique » à perte comme c'est si souvent le cas dans l'industrie. Pour lui, il n'y a pas de grandes ou de petites affaires : il n'y a que les bonnes ou les mauvaises. Personnellement, je ne suis pas spécialisé dans un domaine précis d'activité : celui qui relève de ce cas n'est d'ailleurs plus un *trader* mais un *brokeur.* Et s'il m'arrive d'être en relation avec des *brokeurs,* ma spécialité à moi, c'est mon nom et mon carnet d'adresses : je suis passé de l'extrêmement lourd (Empain-Schneider) à l'extrêmement léger (Empain-répertoire).

Quand, à l'été 1983, j'ai déménagé pour 400 m² avenue Kléber à Paris, à l'enseigne ICA (International Consultant Adviser), un appartement bourgeois loué jusque-là par les Affaires Culturelles, je bénéficiais, à mes débuts de *trader,* non seulement de mon nom et de mon agenda mais aussi d'une implantation dans certains milieux financiers et politiques internationaux grâce à mon appartenance à un club très fermé. Dès mon arrivée avenue Kléber, je peux vérifier que la table d'écoute qui me suit fidèlement depuis les années 70 fonctionne déjà parfaitement. Des amis que j'ai dans l'administration m'en avaient averti : « *Wado, tu es de nouveau sur bretelle.* »

C'est, alors que je dirigeais cette petite entreprise, que m'était venue l'idée de me convertir au *trading* si l'occasion s'en présentait. D'une part, j'avais eu l'occasion de côtoyer bon nombre de gens pratiquant ce métier; d'autre part j'avais moi-même pu l'exercer officieusement à plusieurs reprises. On avait su, en effet, très vite, que j'avais repris une activité et un certain nombre de personnes m'avaient appelé pour me demander tel ou tel renseignement, tel ou tel service, ou avaient fait appel à moi pour leur servir d'intermédiaire dans telle ou telle affaire. Parallèlement à ces activités aéronautiques, j'étais ainsi devenu moi-même, de façon annexe, une « société de services » et j'avais pu constater que les choses s'étaient généralement bien passées du fait de ma présence et de ma « caution ». Dès mes débuts avenue Kléber, j'ai pu le vérifier avec une satisfaction mêlée de surprise : il est clair alors que les correspondants me font confiance et me croient. Quand je décroche mon téléphone pour dire qu'un pays a besoin de 100 000 tonnes de blé et m'a demandé de trouver vendeur, on ne me rit pas au nez. Tout de suite, je suis crédible, or la crédibilité est la base même de mon métier, tant en amont qu'en aval, c'est-à-dire tant en regard de celui qui fait appel à moi pour un problème qu'en regard de celui auquel je m'adresse pour le résoudre. Comme tout bon commerçant qui se respecte, j'essaie de mettre au point, selon les circonstances, des sytèmes de troc originaux auxquels mes correspondants n'ont pas pensé. Dans certaines affaires, mes clients sont directement des gouvernements dont j'ai la confiance. Cela se sait et l'on requiert souvent mes services auprès de ces gouvernements qui n'acceptent de « marcher » que si je donne moi-même un avis favorable pour que l'affaire se fasse ou non.

Dans tout cela, je suis aidé par mon appartenance à l'Organisation Latine de Coopération Économique (OLCE), club international très teinté de démocratie chrétienne regroupant des politiques, des industriels, des *traders*, des écrivains, des commerçants et comportant des membres directeurs et affiliés. L'état-major de l'OLCE, présente dans seize pays, est composé de délégués : industriel, politique, commercial – d'un trésorier et d'un président. J'en suis le délégué industriel. Mon appartenance à l'OLCE remonte à ma présidence du groupe Empain-Schneider. Lorsque j'ai quitté cette présidence, Didier Pineau-Valencienne a demandé à l'organisation de me remplacer par un membre du groupe. Mais celle-ci m'est restée fidèle et Empain-Schneider n'est désormais plus membre de l'OLCE. Cela dit, je me ferais un plaisir, à l'occasion, de prêter au groupe Empain-Schneider mes bons offices pour toute affaire ou transaction...

Notamment du côté de l'Amérique latine, bien sûr, où les activités de l'OLCE dament parfois le pion aux représentants tout-puissants du grand frère américain : entre Latins... Avec mes interlocuteurs de langue espagnole, je parle en français, eux me répondent en espagnol : nous nous comprenons. L'ibérique et l'américain ne se marient pas toujours aussi bien. C'est pourquoi si j'ai besoin de rencontrer le chef d'état-major de la Colombie ou le ministre du Commerce extérieur du Venezuela, il me suffit de composer un numéro de téléphone pour obtenir un rendez-vous dans les trois jours pour telle ou telle personne que j'aurai recommandée.

En dehors du cône latino-américain, mes zones d'activités sont le Golfe et l'Afrique. J'ai pris très rapidement goût à ce métier entièrement nouveau pour moi. Outre le fait que je peux prendre des vacances exactement quand et comme je le désire, je vis constamment dans le sentiment que je travaille pour mon compte et qu'il y a une sanction permanente dans ce travail. Je ne suis plus, comme du temps de la rue d'Anjou, un super-fonctionnaire, situation à la fois dangereuse et en même temps désirée plus ou moins secrètement par tout un chacun. C'est, au contraire, la fin de la vie réglée à laquelle j'étais accoutumé : plus de samedi, de dimanche ou de vacances à date fixe. De plus, ce métier a un avantage immense : il est presque totalement indépendant du lieu où il s'exerce. Peu importe la couleur du téléphone. Pour un homme comme moi, avec le passé qui est le mien, il est soudain très réconfortant de savoir que, quoi qu'il arrive, je peux – en à peine plus de quarante-huit heures de temps – aller exercer exactement le même job avec les mêmes clients à l'autre bout du monde. Je suis ravi, bien sûr, qu'actuellement et pour longtemps j'espère, le bout de ce monde soit Paris, ma ville.

CHAPITRE XI

Aujourd'hui, j'ai retrouvé un job. J'ai commencé une nouvelle vie dans laquelle je me sens bien, avec, même, une liberté personnelle que je n'avais jamais connue auparavant. Je n'en suis pas pour autant devenu un autre homme. Je n'ai pas changé. Mais ce qui a changé, c'est ma façon de voir les choses. Je ne suis pas un autre et pourtant je ne suis plus le même. Le passage s'est effectué au cours de la période qui fut pour moi la plus détestable de ma vie, que j'appelle ma période grise. Même si le souvenir que j'en garde est désagréable, je crois qu'il s'agissait d'un passage obligatoire, sans lequel je n'en serais pas là où j'en suis aujourd'hui. C'est pourquoi je ne regrette pas ces quinze mois d'épreuve solitaire, de février 1981, date de mon départ définitif du groupe Empain-Schneider à juillet 1982, date de l'opération chirurgicale qui allait me libérer du mal physique – et moral – qui me rongeait.

J'ai écrit plus haut qu'à mon départ du groupe je suis un homme inquiet de sa santé. Sans cette douleur que je ressens en permanence, mon moral ne serait déjà pas brillant. Avec elle, il devient franchement mauvais. Durant tous ces mois, je chercherai un médecin capable de me guérir, je m'attacherai à digérer les effets psychologiques et concrets de ma démission et je serai sans cesse préoccupé par l'idée de ce procès qui ne vient pas assez vite à mon gré.

En juillet 1981, je pars pour San Diego, aux États-Unis. Pas pour le *farniente* mais pour l'hôpital. Je passe des tests au scanner : on me découvre une malformation rénale de naissance et l'on décide de m'opérer. J'avais un rein en fer à cheval, c'est-à-dire dont les deux extrémités étaient collées. On les décolle. J'ai une couture de vingt centimètres sur le ventre. Mes douleurs reprennent cependant très vite. J'irai voir tous les médecins, professeurs, grands maîtres, je subirai tous les tests possibles, scanner, échographies, on désignera tous les « coupables » possibles, les intestins, la rate, le foie, la vésicule. Rien n'y fera et j'éprouverai tous les jours une douleur de plus en plus insupportable, sauf quand je dors.

Durant ces aller-et-retour dans l'univers médical, je continue à vivre, plutôt mal que bien. Si je change souvent de médecin, je change également souvent d'appartement, que je loue dans des endroits aussi différents que possible. Un jour, en effet, j'ai reçu le premier appel téléphonique de « Marika ». Et « Marika » va m'appeler souvent, me suivre dans mes déplacements, saura toujours où me retrouver malgré mes déménagements. « Marika », on s'en souvient peut-être, est le nom de code adopté par mes ravisseurs pour le fameux marché que m'avait soumis Guillon la veille de ma libération : si, une fois relâché, je n'honorais pas les trois reconnaissances de dette d'un montant de 45 millions de francs que j'avais signées... J'entends encore la voix et les mots de Guillon : « *Si au premier appel de*

« *Marika* » *tu ne t'exécutes pas, dans les vingt-quatre heures nous tuons une personne dans la rue au hasard et nous accrochons sur son dos ta première reconnaissance de dette. On sait te joindre où et comme on veut.* » Je peux vérifier la dernière partie de la proposition, je n'ai nullement envie de vérifier l'horreur de la première partie. Les gens de Marika m'appellent à plusieurs reprises; souvent une voix anonyme me réveille au téléphone la nuit, me rappelant mes trois reconnaissances de dette. En juin 1982, Guillon a été mis en liberté provisoire, à la suite d'une erreur de procédure. J'habite alors place Vendôme. La nuit de cette mise en liberté, dont je n'ai pas eu connaissance, je reçois un appel de « Marika » me disant : « *Tu ferais bien de descendre et d'acheter* France-Soir. » Toujours très mal en point physiquement, je m'habille en vitesse et vais me procurer un *France-Soir* où je peux lire, en effet : « *Guillon libéré.* ». Quand un juge d'instruction n'interroge pas un prévenu durant un certain délai, ce dernier est mis automatiquement en liberté provisoire : c'est la circonstance judiciaire dont a bénéficié Guillon. J'avais alerté les policiers dès les premiers appels de « Marika » : « *Nous comprenons votre inquiétude,* m'avaient-ils dit, *nous mettons un planton devant votre porte.* » Et les choses en sont restées là.

Entre les coups de fil de « Marika », les coups de boutoir de ma douleur, l'homme que je suis n'est plus grand-chose. Je me sens comme une sorte d'objet complètement inutile. Je n'exerce aucune activité professionnelle digne de ce nom, plus personne ne me prend au sérieux : je me vois dévalué, un *has been.* Et les gens le sentent. De plus, je suis physiquement un quasi handicapé : il m'arrive de perdre connaissance.

Les seuls amis que j'aie à cette époque sont les amis de poker : je ne sais si c'est moral, si c'est de l'amitié comme on l'entend, toujours est-il que les liens du poker me permettent de compter sur des amis réglos et fidèles. A part ça, depuis que j'ai vendu mes actions en 1981, on ne se bouscule plus au portillon pour m'inviter comme du temps où j'étais président d'Empain-Schneider. En 1982, je ne recevrai qu'une seule invitation – hors mes fidèles du poker –, celle de mon ami Raymond Jutheau, compagnon de chasse. Je ne lui avais jamais écrit, mais quand je recevrai son invitation, je lui enverrai aussitôt un petit mot. Aujourd'hui, depuis deux ans que j'ai repris mes activités, depuis que j'ai secrétaires, bureaux et téléphones, le monde entier m'appelle au téléphone.

Étant d'un naturel naïf, je croyais autrefois qu'on faisait ça pour moi. Du moins, aussi pour moi. Aujourd'hui, je ne le pense plus, bien sûr. Mais ça me gêne parce que je suis un idéaliste. Tout le monde peut tomber un jour ou l'autre. Mais un idéaliste tombe toujours de haut.

Dans les mois où je nage dans le cirage le plus profond, je me sens comme un individu parvenu à la fin de sa vie. Je me dis que tout est fini, que c'est le terminus pour moi. D'ailleurs, j'ai tout fait avant l'âge. Mariage, conquêtes professionnelles, puissance... J'ai achevé mon circuit. Peut-être n'y a-t-il plus que la mort, avant l'âge aussi? Conquête, puissance, je revois tout ce qui a précédé le vide et le silence de maintenant. Il faut dire que le sort n'a pas lésiné sur les contrastes. Le fugitif malade et démoli qui clopine d'appartenant en appartement avec « Marika » aux trousses et l'hôpital en perspective, le *has been* que plus personne n'invite –

était, il y a quelques années à peine, l'invité personnel du président de la République à Rambouillet, des plus grands leaders de sociétés. Et même d'Anouar el Sadate.

C'était au printemps 1980, dix-huit mois avant la mort de l'homme qui avait accompli, quelques mois plus tôt, en novembre 1979, l'extraordinaire voyage de la Paix à Jérusalem. L'occasion de ce voyage était l'inauguration du métro du Caire. En Égypte, où l'arrivée de Nasser au pouvoir avait plus que compromis les intérêts du groupe Empain, notre Banque de l'Union Européenne maintenait une petite antenne. Nos représentants permanents égyptiens, notamment M. Abdelnour, m'avaient conseillé d'envisager là-bas un voyage pour y rencontrer les autorités et s'étaient faits forts de l'organiser au mieux afin de me faire connaître du milieu politique et du milieu des affaires en Égypte.

Le voyage avait duré huit jours. J'étais descendu au *Méridien.* Pour la première fois de ma vie, j'avais l'occasion d'habiter dans l'un des hôtels de la famille en Égypte – *Mena House,* le *Shepperd's,* le *Semiramis* où j'avais une suite en permanence – nationalisés en 1964 par Nasser en représailles contre l'expulsion de l'ambassadeur d'Égypte au Zaïre par Kasavubu. A l'aéroport du Caire, M. Abdelnour m'avait accueilli au bas de la passerelle et s'était occupé de mon passeport. Nous étions montés dans une voiture ornée des drapeaux belge et égyptien, encadrée de motards qui n'allaient pas nous quitter de tout le séjour. La suite au *Méridien* était un appartement de 500 m^2.

Personnellement, j'avais emporté avec moi une grande valise et un sac contenant des tenues d'été et un smoking. Mon séjour impliquait la tournée des ministères : à chaque visite, la télévision était là. A 8 heures du soir, à l'hôtel, j'ouvrais la télé où je pouvais me voir faisant tout ce que j'avais fait dans l'après-midi, c'est-à-dire, à chaque fois, dans la situation assise protocolaire et discrètement souriante. Le soir, je repartais pour dîners et cocktails. Bref, c'était l'exemple parfait de ce que l'on appelle une visite diplomatique et protocolaire.

C'était aussi la plus grande époque de Sadate, considéré alors comme l'un des plus grands hommes politiques du siècle. Il était prévu que j'aille le rejoindre, dans son jet présidentiel, à Assouan où il était en villégiature. J'avais été surpris par sa maison : je m'étais attendu à un palais égytien et c'était une belle maison bourgeoise comme beaucoup d'autres, à cette différence près qu'elle était entourée de hauts murs et gardée par des militaires. Le président m'attendait dans le jardin, en compagnie de M. Moubarak et entouré de sa femme et des gens de sa famille. Nous avons déjeuné et parlé tout l'après-midi. Anouar el Sadate était intarissable. Il donnait une impression de grandeur et de noblesse, manifestant en même temps une grande chaleur humaine, authentique et assez rare chez les hommes d'État. Il me racontait ses souvenirs d'Héliopolis où se trouve le mausolée dans lequel dorment mon père et mon grand-père. Il évoquait également l'Égypte d'avant Nasser, celle de Nasser et la sienne à lui, expliquant longuement comment il avait toujours agi dans le but de redonner du lustre à son pays. Ses manières étaient très douces mais on le sentait tout à fait conscient de ce qu'il était. Incollable en histoire égyptienne, il se révélait être également un excellent égyptologue. Il avait aussi parlé de ses difficultés passées avec l'Union soviétique, mais on sentait qu'il n'était pas question d'aller plus loin dans les détails et qu'il n'allait jamais au-delà de ce qu'il avait voulu dire : il faisait en sorte que son interlocuteur devine toujours les limites à ne pas dépasser.

Durant ces huit jours, il ne faisait aucun doute que tout avait été mis en œuvre pour que je me sente un grand d'Égypte. Il en avait été de même presque trente ans plus tôt. Cette fois, c'était dans la peau d'un roi africain, ou plutôt d'un fils de roi africain, qu'on m'avait invité à prendre place. J'avais seize ans et c'était au Zaïre qu'il s'agissait de me faire parcourir à travers les possessions de l'empire Empain, Édouard et ma mère ayant envisagé pour moi ces vacances instructives. Ce ne sont pas des ministres que je rencontrerai mais des directeurs des sociétés de la famille chargés de m'accueillir et de me loger. Pour visiter les brasseries, les plantations de café, de coton, les mines d'or, de cuivre, d'étain et de toutes sortes de métaux non ferreux, j'emprunte l'itinéraire qui va d'Elizabethville à la province du Kivu, partie par train, partie par bateau. Le collégien de seize ans que j'étais ne se sent pas à proprement parler très à l'aise devant l'étiquette et les courbettes déférentes qui régissent et balisent son voyage. Il est clair que je représente une corvée pour ceux qui sont contraints à traîner ainsi un gamin de seize ans. Ma timidité naturelle m'empêche de leur dire que j'ai moins envie de visiter une mine ou une scierie que d'aller faire une virée en forêt.

Ce tour du fils du proprio a quelque chose d'assez angoissant. Je suis tenu de me conduire comme le patron. Au cours du voyage en train, il a fallu que je fasse arrêter le convoi, comme mon père avait coutume de le faire pour se raser. Comme je suis imberbe, je prends un bain. J'accomplis ainsi un acte symbolique de haute autorité auprès des populations autochtones et les responsables qui m'ont invité à l'accomplir sont, sinon satisfaits, du moins rassurés. Qu'on imagine la scène : un train entier arrêté dans la brousse ou la forêt pour qu'un moufflet de seize ans – qui n'a d'ailleurs rien demandé – puisse prendre son bain... Mon wagon « présidentiel » est en queue de convoi et suivi d'un wagon plat afin d'amortir les secousses. Je dispose d'un salon, d'une salle à manger, d'une chambre, d'une salle de bains et d'une cuisine. Toutes les deux heures environ, j'en descends pour jouer au jeune chef blanc en distribuant des cartouches de cigarettes à la population rassemblée le long du ballast. Je me rappelle très bien la honte que j'éprouvais alors : je savais que j'avais seize ans et que tous ces égards ne m'étaient pas dûs. Je n'aimais pas cette façon-là d'être le fils de mon père et le petit-fils de mon grand-père. De plus, il me fallait souvent dire « un petit mot », alors que je suis incapable d'improviser en public, que je ne peux parler que d'un sujet que j'ai travaillé et que je connais.

Heureusement, durant cet incroyable périple, il y avait eu l'étape de Goma, dans le Kivu. La nuit, on voyait les têtes rouges des volcans se refléter dans les eaux du lac Albert, sur les rives duquel se trouvait, bien sûr, l'*Hôtel des Volcans,* appartenant à ma famille et où j'étais descendu. Son directeur s'appelait M. Stroumza. Je me rappelle son nom parce qu'il m'avait pris pour ce que j'étais : un adolescent. Après dix minutes de visite passionnante de son bureau, nous étions partis pêcher en bateau sur le lac. Puis nous avions parcouru la réserve naturelle du lac Albert en Land Rover. Le soir, nous étions allés souper dans un petit bistrot un peu louche, fréquenté par des aventuriers des deux sexes où je m'étais plus diverti que dans un dîner officiel. J'ai passé trois jours merveilleux à Goma. Je n'ai pas eu à distribuer des cigarettes aux autochtones. M. Stroumza était un homme intelligent. Il avait depuis longtemps chassé tout ce qui pouvait ressembler à l'Europe de sa mémoire.

Je l'ai revu sept ans plus tard à Goma. J'étais cette fois accompagné de Sylvanna. Lors de cette seconde visite au Zaïre, la partie industrielle m'a nettement plus intéressé. Mais je ne me suis pas privé du plaisir d'aller en pirogue, de parcourir la forêt un fusil à la main. J'avais vingt-deux ans, on ne pouvait plus rien m'imposer. Pour une raison que j'ai oubliée, nous étions arrivés à Goma par un petit avion, tandis que nos valises devaient suivre par la route et nous attendre à l'hôtel de Goma. Elles n'y sont jamais parvenues. Et le soir, c'est en tenue de brousse et sales comme des peignes que Sylvanna et moi avons reçu les notables en tenue de soirée. Je me rappelle aussi ce dîner surréaliste en tête-à-tête avec l'ambassadeur d'URSS en France. C'était dans les années 76-77, quand il était sérieusement question de rééquilibrer les échanges entre les deux pays, en faveur de la France. Ces affaires se traitaient d'État à État et devaient aboutir au grand projet du gazoduc, dans lequel, d'ailleurs, notre groupe, sans être pilote, a été indirectement intéressé. Cette rencontre dans la monumentale ambassade du boulevard Lannes à Paris avait pour objet d'éventuels marchés pour Creusot-Loire Entreprise en Union soviétique. Le souvenir que j'en garde est aussi bref que la soirée avait été longue. Face à l'ambassadeur derrière lequel se tenait un interprète, je répondis aux questions au milieu d'un ballet de serveurs dans une salle à manger aux dimensions de hangar de porte-avions. Au moment du dessert, l'ambassadeur me dit : « *Baron, je vous aime beaucoup, je vais vous faire un cadeau.* » Il fit signe à l'un de ses subordonnés qui m'apporta un paquet long et plat, luxueusement emballé. J'ouvris l'emballage : dans une belle boîte étaient rangées de longues cigarettes russes à bout cartonné...

Certes, il est finalement logique que ce genre de souvenirs, auxquels je ne pense pratiquement jamais, me soient revenus au moment où ils contrastaient le plus avec ma situation présente, soit dans le désordre de ma période grise. Quel contraste également, entre l'homme qui se plie en deux de douleur, qui a du mal à mettre le nez dehors et celui – le même – qui touchait à tous les sports : champion junior de concours hyppique, j'ai également représenté la Belgique aux championnats d'Europe de tir et je faisais partie de l'équipe belge de ski durant mon service militaire, où j'ai participé aux championnats de ski des Pays Plats. Début 1982, je me traîne dans tous les sens du terme...

Je me demande pourtant si ce n'est pas au moment où l'on touche le fond, où l'on doute de tout – et d'abord de soi – que la rencontre avec ce que l'on a, ou a pu avoir, de meilleur en soi, permet à tout individu désemparé de reprendre flot. Le sport donne des habitudes de discipline et de vie à la dure qui m'ont déjà rendu un grand service durant ma séquestration. De plus, si, comme on a pu le voir, je suis un homme riche et gâté par une bonne part de sa vie, je suis aussi, on a également pu le vérifier, un homme dont les besoins immédiats sont extrêmement simples. D'un côté, j'ai beaucoup d'exigences; de l'autre, je me contente de peu. Je m'habille pour ne pas avoir froid (et je ne suis pas frileux) ou chaud (et je ne crains pas la chaleur) ou pour ne pas être mouillé (et je ne redoute pas la pluie). Je ne m'aperçois jamais par moi-même que mon costume a des trous ou est élimé : il faut qu'une femme le sorte de mon armoire et me le mette sous le nez. Quand j'achète une chemise, j'en prends vingt-quatre du même modèle, d'un coup, pour être tranquille. Pareillement pour les chaussures : j'en choisi huit paires en une fois. Quand j'achète un costume, je dis au vendeur : « *Vous me mettrez six cravates avec.* » Moi, je ne les choisis qu'au moment de les mettre et pas toujours avec discernement. Je suis de la même façon tout à fait indifférent au lieu où j'habite. Je prends l'endroit tel qu'il est et je m'y installe sans bouger. J'ai d'ailleurs habité des meublés sans même en être conscient. Je suis, d'une certaine manière, un type rustique. Au point que je me suis moi-même toujours coupé les cheveux depuis l'âge de treize ans. En somme, si je traverse le désert, si je suis dans la panade, dans la merde, je suis finalement plutôt bien armé pour le faire. Et je sens confusément que plus je m'affaiblis, plus j'accumule, par ailleurs, des forces qui me seront utiles au moment voulu.

Ce moment survient en juin 1982, au cours d'une énième visite à un médecin. Ce jour-là, je consulte le généraliste de l'hôpital Bichat, à Paris, le docteur Cerf. Quand je lui décline mon pédigree médical depuis dix-huit mois, il dit : « *Bon, on efface tout et on recommence.* » J'estime qu'il a raison de le faire. On recommence donc tous les tests. Y compris l'échographie. Je n'oublierai jamais le jour de la dernière échographie. L'opérateur, regardant sur son écran et agrandissant soudain les yeux : « *C'est pas possible! Vous me dites que ça fait près de trois ans qu'on ne trouve pas ce que vous avez? Mais vous avez dans un rein une pierre grosse comme un noyau de pêche!* » En fait, elle était grosse comme une olive, comme je l'ai vu après l'opération (couture longitudinale droite).

De janvier 1978 à juin 1982, j'ai été opéré trois fois : une fois par mes ravisseurs, une fois à San Diego, une fois à Bichat. Cette dernière était la bonne. C'est à partir d'elle que j'ai retrouvé tous mes moyens, profité des forces accumulées dans l'épreuve, à partir d'elle que j'ai commencé à penser à la vie en termes d'avenir. Il y a eu d'abord la petite société, il y a eu le procès, puis ICA, où, depuis deux ans, j'ai en main les cartes de ma troisième vie. Là, j'ai déjà entamé la conquête d'un territoire. Pas à moitié : je suis déjà sûr que dans cinq ans on parlera de ce territoire comme d'un empire. Non pas que je sois un empereur-né. Mais je suis un homme d'affaires. Or, le monde des affaires se fait totalement ou ne se fait pas. C'est comme une femme enceinte : elle n'est pas un peu enceinte, elle l'est tout à fait. J'ai donc retrouvé une vie professionnelle : la mienne. Ce qui est tout à fait normal.

Ce qui n'était pas « normal » pour moi qui ne suis ni un intellectuel, ni un écrivain de métier, c'était d'écrire ce livre. Il constituait cependant un passage obligé, un moment indispensable de ma vie, comme tous ceux que j'ai relatés tout au long de ces pages. Depuis mon retour de captivité, j'éprouvais le besoin de témoigner, de tout dire. Et il s'agit là plus que d'un témoignage devant une cour d'Assises, comme j'ai pu le faire lors du procès de mes ravisseurs. Il s'agit là d'un témoignage écrit, d'un témoignage entièrement privé, où j'ai choisi délibérément de tout dire sur moi.

J'éprouvais le besoin de faire état de mon cas, de ce qui m'a fabriqué. Peut-être n'étais-je pas spécialement fait pour la vie qui a été la mienne, mais, je ne me sens pas spécialement fait pour une autre. Finalement, je ne suis pas comme mon destin, je n'ai rien de spécial. Mais comme tout le monde, je suis un cas particulier.

ACHEVÉ D'IMPRIMER
LE 10 OCTOBRE 1985
SUR LES PRESSES DE
L'IMPRIMERIE HÉRISSEY
À ÉVREUX (EURE)

Imprimé en France
Dépôt légal : octobre 1985
N° d'édition : 85168 — N° d'impression : 38349